KB008436

다시 사는 재벌가 망나니 28

2023년 3월 20일 초판 1쇄 인쇄
2023년 3월 23일 초판 1쇄 발행

지은이 맹물사탕
발행인 강준규

기획 이기헌 왕소현 박경무 강민구 조익현
책임편집 금선정
마케팅지원 이원선

발행처 (주)로크미디어
출판등록 2003년 3월 24일
주소 서울시 마포구 마포대로 45 일진빌딩 6층
Tel (02)3273-5135 Fax (02)3273-5134
홈페이지 rokmedia.com E-mail rokmedia@empas.com

ⓒ 맹물사탕, 2021

값 9,000원

ISBN 979-11-408-0820-5 (28권)
ISBN 979-11-354-9456-7 04810 (세트)

다시 사는
재벌가
망나니

맹물사탕 현대 판타지 장편소설

28

ROK
MEDIA
로크미디어

Contents

1장

"태성 쪽이랑 계약은 어떻게 되어 있나요?"

내 물음에 김승연은 무슨 말이 나올지 예상하고 있었다는 듯 태연히 답했다.

"1년 단위로 계약 중이야. 원래는 2분기에서 3분기로 넘어갈 때마다 갱신하는데, 이번엔 예의 신작 드라마가 묶여서 그게 조금 길어질 예정이고."

김승연도 아주 생각이 없는 건 아니란 이야기였다.

김승연은 어제 우리의 중재가 없었다면 드라마를 하차하고, 태성과의 계약도 해지해 버릴 생각이었으리라.

'그랬다간 어느 정도 위약금과 업계에 안 좋은 소문이 퍼질 것은 감안해야겠지만…… 본인부터가 그런 건 신경 쓰질 않

는 모양이고.'

현재 김승연이 속해 있는 소속사인 태성은 연기자 위주의
연예인을 관리하는 곳으로, 종합 엔터테인먼트인 우리 회사
와 달리 에이전시의 성격에 가까운 곳이다.

다만 이 시대에는 아직 '대형 기획사'라 불리는 엔터테인먼
트 시스템이 정착하기 전인 것과 아직 기획사의 폐단이 드러
나기 전이어서 그런지 연예인과 소속사 간의 계약은 비즈니
스적인 측면보다 인간관계를 중심으로 돌아가는 경우가 많
았다.

물론 그때 만들어진 관례와 악습, 그에 따른 폐단은 근 미
래에도 이어지기는 하지만.

'아이돌 그룹이 아닌 예능인 소속사들은 구속력이 약하기
마련이지.'

소위 말하는 '대형 기획사'가 아이돌과 떼어 내기 힘든 계
약으로 그들을 묶어 두는 것과 달리 코미디언이나 배우가 속
한 소속사는 계약과 이적이 훨씬 자유롭다.

(이쪽이 SBY로 선례를 만들었으니 아마도 조만간 생겨날 일이겠지만)대형
기획사의 기획 아이돌은 '연습생'을 거치기 마련인데, 이때 들
이는 비용을 '빚'으로 만들어 그들이 데뷔 후 벌어들이는 수익
을 분배하며 채무를 청산하는 것으로 아이돌을 묶어 둔다.

이때 아이돌들은—각 소속사의 계약 내용에 따라서 다르
겠지만—길게는 10년, 짧아도 3년 내외로 기획사에 묶이게

되고, 그로 인해 추후 진흙탕 싸움으로 이어지는 경우가 있지만, 그건 다른 이야기니 차치하기로 하자.

반면 딱히 '연습생' 시절을 거칠 필요가 없는 연예인들은 소속사로부터 자유로운 편이다.

그래서 음반 작업을 하지 않는 소속사는 대개 '해당 소속사를 대표하는 연예인과 그 파벌'로 치부되기도 했다.

'그러니 지금 신경 써야 할 건 업계의 평판인가.'

인적 자원이 가장 큰 자산인 바닥답게 연예계는 '혼자서 클 수 없는' 세계였다.

어느 일을 하건 간에 누군가 한두 사람쯤은 관계자와 엮이기 마련이고, 소위 말하는 갑질이니 누군가가 업계에 끼치는 영향력이 어떻다느니 하는 이야기는 연예계의 이런 기형적인 구조에서 자인했다.

'그래도 내가 사회 활동을 하던 근 미래에 태성이란 기획사는 들어 보지 못했어.

태성에 대해서는 아직 조사해 보지 않았지만, 아마 태성이라는 소속사는 별로 대단한 영향력을 떨치지 못하고 역사의 뒤안길로 스러졌을 것이다.

'아마 저들의 대표 연예인이 눈앞의 김승연일 테고, 반면 남들과 어울릴 생각이 없는 김승연은 이른바 라인을 만드는 일에 관심이 없으니.'

그렇다고는 하나 이 시점에서는 완전히 무시하기도 조심

스러운 일이니, 김승연과 태성의 관계를 깔끔하게 청산하려면 그들에 대해 조금 더 자세히 알아 볼 필요는 있었다.

"누나, 태성이랑 계약한 지는 오래되었나요?"

"딱히 그렇지도 않아."

김승연이 담담하게 내 말을 받았다.

"이래저래 스케줄이 복잡해지기 시작할 무렵에 아는 선배에게 소개 받은 게 전부지."

어쨌거나 김승연도 이 바닥에서 생활한 지 십수 년째이니 내가 우려하는 것이 무엇인지도 짐작하는 눈치였다.

그 뒤, 김승연이 어조를 고쳐 말을 이었다.

"어쨌거나 배우의 의향을 묻지도 않고 이번 일을 결행한 그 태도가 괘씸해서라도 나는 소속사를 옮길 생각이니까. 이런 일은 신뢰가 깨지면 할 수 없는 거잖아?"

"그건 그렇죠."

"반면에 너희 회사는 그런 부분에선 철저한 거 같아서. 윤아름한테 들으니까 걔네 집에서 나오도록 설득한 것도 그쪽이라면서?"

간밤에 윤아름이랑 꽤 진솔한 대화를 나눈 모양이다.

"예, 아무래도 아름이가 좀 더 일에 집중할 수 있는 환경을 만들어 주고자…….."

"됐어."

김승연이 피식 웃었다.

"나도 아역 출신이어서 알아. 아역 배우에게 생기는 문제의 8할은 그 부모에게서 오거든."

김승연이 대수롭지 않은 척 덧붙인 말에서 나는 그녀의 화려하게만 보이는 배우 경력 이면에는 그만큼 그림자도 짙다는 걸 눈치챘지만 일부러 모른 척했다.

김승연 또한 내 앞에서 자신이 겪어 온 신세를 한탄할 생각은 없는지 다시 어조를 고쳐 말을 이었다.

"아무튼 간에 태성 쪽은 별로 신경 쓸 거 없어. 정 뭣하면 이번 드라마 종영하고 나서 계약해도 되고."

뭐, 그것도 나쁘지는 않다.

하지만 전생의 흐름대로라면 드라마 '첫사랑'은 제법 오랫동안 회자되는 대성공을 거둘 것이고, 오히려 그때 가서 김승연과 계약을 하려면 이쪽이 양보할 것도 그만큼 많아진다.

'좋아, 그러면 지금은 이 시대에 자행되는 관행이 행해지고 있다는 것에 걸어 볼까.'

나는 재빨리 계산을 마치고 입을 뗐다.

"아뇨, 가능하면 빨리 계약을 체결하는 쪽으로 갔으면 해요."

"호오."

김승연이 싱긋 웃었다.

"우리 꼬마는 내가 그렇게나 탐이 나니?"

"그럼요. 누나는 김승연이잖아요."

김승연은 먼저 짓궂은 농담을 던진 주제에 역으로 이쪽에서 밀어붙이자 당황하는 모습이 역력했다.

"그, 그래?"

"예. 게다가 저는 이번 드라마가 성공할 거라고 생각하거든요. 그렇게 되면 분명 방영 도중에 광고 계약이 쏟아져 들어올 건데, 이적이 예정된 소속사에 묶여 있으면 그런 좋은 기회를 박차게 될 테니까요."

하지만 내 입에서 다소 비즈니스적인 이야기가 나오니 김승연은 원래의 건방진 표정으로 돌아왔다.

"철저하네. 그러면 위약금도 성진이가 내줄거니?"

"바라신다면요."

김승연은 농담 삼아 던진 걸 내가 진지하게 받자 얼굴에서 슬쩍 웃음기를 거뒀다.

"그럴 필요까진 없어."

"그만큼 진심으로 환영한다는 의미예요."

"어쭈구리."

김승연이 입매를 비틀었다.

"아직 이쪽에서 제시할 조건이랑 맞춰 보지도 않았으면서?"

"상식선을 벗어난 조건만 아니라면 얼마든지요."

그러자 김승연은 잠시 가만히 생각에 잠겼다가 이내 내게 악동 같은 미소를 지었다.

"그럼…… 안형욱이 나를 자식으로 인정하는 기자회견을 열어 준다든가?"

"……."

"농담이야."

농담치곤 마냥 웃어넘기기 힘들었으니, 실패한 농담이라고 생각했다.

"그래도 내거는 조건에 새삼 돈 이야기로 왈가왈부할 생각이 없긴 해. 어차피 벌 만큼은 벌고 있고……. 그건 성진이 너도 마찬가지지?"

내가 누군지 정도는 알아챈 모양이군.

아니, 어제저녁 무렵 이미 알고 있었을지도 모르겠다.

"아, 물론 그 부분은 성진이 네 쪽에서도 '상식적'인 수준의 계약을 해 줄 거라고 믿어."

"그야 물론이죠."

"좋아, 그럼 내가 제시할 조건은……."

그때 노크 소리가 들리며 전예은이 다기를 들고 방으로 들어왔다.

"실례하겠습니다."

김승연은 얌전히 전예은이 우리 앞에 차를 내려놓길 기다렸다가 불쑥 입을 뗐다.

"예은이는 여기 잠깐 앉아 봐."

"예?"

전예은은 눈을 동그랗게 뜨며 내 눈치를 살폈다.

"아, 저기, 저는……."

"죄송하지만 지금은 그렇게 해 주세요."

내 말에 전예은은 드물게도 곤혹스러운 얼굴로 나와 김승연을 번갈아보며 뜸을 들이더니 마지못해 엉거주춤 자리에 앉았다.

"예……."

김승연은 전예은이 자리에 앉기를 기다렸다가 입을 뗐다.

"그러면 계속할게. 얘를 내 전담 매니저로 붙여 줘."

"……예?"

나는 무슨 소린가 싶어 전예은을 보았다.

전예은은 퍽 곤란해하는 얼굴로 쓴웃음을 지으며 나와 눈을 마주친 뒤, 김승연에게 형식적인 질문을 했다.

"저, 방금 그건 무슨 말씀인가요?"

"응, 성진이랑 이적 조건을 이야기 중이었거든."

김승연은 태연한 얼굴로 다시 나를 보며 말을 이었다.

"보니까 얘가 눈치도 빠릿빠릿하고 머리도 좋아 보이더라고. 게다가 이미 SBY 매니저 노릇도 했다면서? 그러니 얘가 내 매니저로 있어 주면 꽤 도움이 될 거 같아."

"……."

그나저나 전예은이 당황하는 걸 보니, 전예은을 자신의 전담 매니저로 달라는 김승연의 제안은 이 자리에서 즉흥적으로 꺼낸 것으로 보였다.

'그렇다는 건 혹시⋯⋯.'

⋯⋯어쨌거나 곤란한 사람이군.

그러거나 말거나 대답은 정해져 있다.

"그건 안 되겠는데요."

"⋯⋯왜?"

"예은 씨는 제게도 필요한 인재거든요. 뿐만 아니라 가장 중요한 건 예은 씨 본인의 의사고요. SBY의 일을 도운 것도 어디까지나 예은 씨의 의사였습니다."

"흐음, 그걸로 이번 이야기가 없던 게 돼도?"

"예."

어째서 갑자기 전예은을 걸고넘어지는 건지는 모르겠지만, 지금은 이게 정답일 것이다.

'당최 무슨 꿍꿍이로 이런 말을 꺼낸 건지는 몰라도.'

그건 나중에 전예은에게 들어도 되겠지.

그나저나 전예은을 보니, 그녀는 무척 당혹스러워하는 얼굴로 귀 끝이 빨갛게 되어 있었다.

김승연이 전예은에게 말을 건넸다.

"너도 나한테 올 생각은 없니?"

"⋯⋯네. 죄송해요, 언니."

"어쩔 수 없네."

김승연은 어깨를 으쓱이곤 꼰 다리를 풀었다.

"이제 가 봐도 돼."

"네? 아…….."

나는 미소 띤 얼굴로 전예은에게 고개를 끄덕여 주었다.

"괜찮으니까 가 보세요. 번거롭게 해서 죄송했습니다."

"아니에요, 사장님. 그럼 실례하겠습니다."

전예은이 부리나케 사장실을 나가자마자 김승연은 히죽 웃으며 나를 보았다.

"우리 꼬마 사장, 제법인데."

역시 나를 떠본 거였나?

어쨌거나 나를 시험하려 한 것 자체는 진심으로 불쾌했기에 나는 보란 듯 미소를 거둬들였다.

"아직 용건이 남았나요?"

"응."

"……."

뻔뻔하기는.

김승연은 '아무 일도 없었던 것처럼' 전예은이 놓고 간 커피를 한 모금 마셨다.

"한동안 윤아름을 나한테 붙여 줘. 그게 조건이야."

"……예?"

그건 전예은을 매니저로 달라는 말만큼이나 어처구니가 없는 내용이었다.

"가능하면 상식적인 수준에서 조건을 제시하셨으면 하는

데요. 이제는 윤아름을 매니저로 달라는 말씀인가요?"

"얘도 참. 그런 거 아니야."

내 말을 단칼에 부정한 김승연은 진지한 얼굴로 말을 이었다.

"소속사에서 정한, 윤아름한테 오는 일감의 기준이 있니?"

"예?"

방금 전 전예은을 걸고넘어진 건 정말 농담에 가까운 떠보기였는지, 이번만큼은 김승연의 말투가 진지했다.

"아, 그게……."

그 바람에 나도 당황한 걸까, 조금 말을 더듬고 말았다.

"그 부분은 저도 딱히 관여를 하고 있지 않아서……."

"없다는 거구나?"

그렇게 물으면 그렇다고 대답할 수밖에.

'윤아름은 딱히 이거다 하고 회사에서 정해 놓은 기준이 없는 것이 사실이니까.'

SJ엔터테인먼트도 그 출발부터 완전 생초보가 모여 맨땅에 헤딩하듯 헤쳐 온 것은 아니지만, 따지자면 현 전무이자 당시 윤아름 전담 매니저였던 마동철도 음악 계통 매니지먼트 출신이었다.

그다음으로 섭외한 천희수도 본래는 '싱어 송 라이터(지망)'였으니 그쪽이야말로 두말할 것도 없고.

그러다 보니 SJ엔터테인먼트 초창기엔 윤아름이 알아서 일감을 가져오거나 오디션을 보는 경우가 많았고, 이는 우리 회사만의 관습처럼 이어져 윤아름은 지금도 자신의 일을 스스로 찾아서 해 오고 있었다.

'변명할 거리도 생각나지 않는 뼈아픈 지적이군.'

윤아름에게 일감이 끊이지 않은 건 그녀가 알아서 해야 할 일을 찾아온 것도 있지만, 한편으론 여러 면에서 운이 따라 주어 그 경력의 공백을 메꾼 것도 있었다.

후일 대한민국을 대표하는 세계적 거장으로 거듭나는 방준호와의 만남도 그가 조감독이던 시절 윤아름에게 먼저 접근해 대본을 보여 준 것이 계기였고, 방준호와 영화 촬영을 마친 이후는 이런저런 얕은 인맥을 통해 관성적으로 일을 해왔다.

'따지고 보면 이번 캐스팅도 안형욱이 입안에 쑤셔 넣어 준 것이나 다름없고 말이야.'

하지만 관성적으로 일을 해 오다 보니 윤아름은 그녀가 할 필요가 없는 아동 프로그램 섭외도 마다하지 않았고, 이는 그녀의 커리어에 걸맞지 않은 일임과 동시에 곧 재능의 낭비이기도 했다.

포장하기에 따라서는 '이것저것 가리지 않고 일을 한다.'는 것도 되겠지만, 실상은 윤아름도 자신이 아는 것밖에 보지 못한단 의미이기도 했다.

그런 의미에서 김승연의 지적은 비단 현 SJ엔터에인먼트의

연기자 관리 시스템의 허술함을 지적한 것뿐만 아니라—그
녀에게 그럴 의도까진 없었겠지만—이는 나의 경영자적 단
점을 꿰뚫은 것이기도 했다.

요즘 들어 여러 사람이 지적하고 있는 요소지만, 나는 은
연 중 확장을 차일피일 미루는 나쁜 습관이 있었다.

이휘철 역시 나와 바둑을 두며 내 수비적인 면모를 두고
한마디 던지기도 했던 만큼, 나는 리스크를 감수하고 무언가
를 진행하는 일에 소극적이다.

나는 이를 내심으론 조만간 찾아올 IMF 같은 국가적 재난
을 염려하는 것이라 합리화하고 있었지만, 사업가라면 그래
선 안 된다.

'이러나저러나 나는 2인자 체질인 거지.'

김승연은 그런, 꿀 먹은 벙어리가 된 나를 물끄러미 바라
보다가 다시 입을 뗐다.

"윤아름은 말이지, 너무 일찍 성공했어."

"……"

"그리고 지금 윤아름은 그 성공에 대한 경험과 자기 확신
때문에 되레 자신이 만든 편협함 속에 갇혀 있지."

김승연은 커피를 한 모금 홀짝였다.

"……좋게 말하면 고집이고, 고집과 자기주장이 약한 배우
는 이 바닥에서 낙오되기 마련이란 의미에선 그런 점이 있는
것도 나쁘지 않지만, 그것도 어느 '정도'라는 것이 있거든."

윤아름과 만난 지 얼마 되지 않음에도 김승연은 그녀의 본질을 꽤 정확히 파악하고 있었다.

윤아름은 타고난 본성인지 지금의 성공을 이루기 이전에도 이미 자기 확신이 강한 성격이었다.

이런 윤아름의 성격적 면모는 이럭저럭 주목받는 아역 시절을 거쳐 사실상 무명이나 다름없는 긴 공백 끝에 개화한 전생엔 '무너지지 않고 버텨 냈다'는 의미에서 좋은 덕목으로 자리매김했지만, 이번 생에선 김승연이 앞서 지적한 대로 '이른 성공'이 독이 될 여지도 다분했다.

많은 경우, '때 이른 성공'이란 이를 성취해 낸 영재들에게 저주이자 낙인이 되기도 한다.

김승연이 내게 에둘러 경고하는 것도 그런 것으로, 어쩌면 이번 생의 윤아름은 내가 깔아 놓은 이런 성공가도로 인해 장래에 그저 그런 배우로 남게 될지도 모른다.

아니 그렇지 않더라도, 그 미래에 있는 건 내가 아는 전생의 윤아름처럼 빛나는 배우는 아닐 것이다.

'억지로 화려한 커리어를 꾸며 줘 봐야 정작 본인이 빛나질 않으면 누구라도 대체 가능하게 되는 거니까.'

김승연이 말을 이었다.

"나도 믿고 맡기란 말까지는 하지 않겠지만…… 이대로 내버려 두면 걔, 한동안 슬럼프가 올걸. 뭐, 네가 보기에는 오지랖처럼 보일지도 모르겠지만 말이야."

결과적으로 나는 김승연에게 한 방 먹었다.

나는 결국 두 손을 들었다.

"만약 한다면 어떤 식으로 하시겠어요?"

내가 그 의견에 동조하는 기색을 읽어 낸 걸까, 그 말에 김승연은 빙긋 웃었다.

"벌써부터 굳기 시작한 그 머리를 망치로 깨 버려야지."

"……."

남이 들으면 오해할 말을 서슴없이 하네.

그 대목만 따서 연예부 기자들에게 뿌려 보고 싶다.

"뭐, 그렇다고 '실패는 성공의 어머니'라든가, 실패에서 배우는 것이 있다는 식의 케케묵은 이야기를 할 생각은 없어. 한 번이라도 실패를 겪는 것보다 실패하지 않고 쭉 성공하는 것이 더 좋은 건 당연하잖아?"

정론이다.

"어디 보자, 내가 한다면 이것저것 가리지 않고 일을 가져다줄 거야. 물론 지금도 그러고 있긴 하지만 솔직히 말하면 그거, 대부분은 배우로서 성장하고자 하는 일엔 쓸데없는 노력이거든. 성진이 너도 윤아름의 커리어가 어중간하게 끝나길 바라진 않지?"

나는 김승연의 말에 쓴웃음을 지었다.

"맞아요. 배우로서 윤아름은 더 성장할 여지가 충분하죠."

"그래, 좋은 배우가 될 자질은 있더라. 그 애는 타고난 재능뿐만 아니라 노력도 겸하고 있으니까."

김승연은 대수롭지 않은 듯 맞장구를 치며 커피를 마셨다.

나는 문득, 김승연이 대수롭지 않은 듯 말하는 것이 그런 '척'을 하는 것에 불과한 것은 아닐까, 생각했다.

"아무튼 내 조건은 이게 끝. 받아들이든가, 아니면 아예 처음부터 없던 이야기로 해."

"저, 누나."

"응?"

"궁금한 게 있는데요."

"뭔데? 내 쓰리 사이즈?"

"……."

"아, 그건 포트폴리오에 실리겠네. 그러면 내 남성 편력? 걱정 마, 이래 봬도 그런 쪽 관리는 철저하거든. 지금껏 걸리지 않은 것만 봐도 그렇잖아?"

이 사람, 일부러 이러네.

"……그런 게 아니라, 내거신 조건이 윤아름에게만 좋은 이야기 같아서요. 누나는 그거면 충분한 건가요?"

김승연은 나를 물끄러미 쳐다보다가 픽 웃었다.

"역시 너도 아직 애구나?"

"……."

"별로, 윤아름 좋으라고 하는 소리 아니야. 솔직히 말하면 너네 소속사, 연기자 커리어 관리는 영 꽝이거든."

왜 아픈 상처에 소금을 뿌리십니까.

김승연이 말을 이었다.

"분명 너희는 이번 일로 윤아름의 커리어를 관리하는 과정에 여러 헛발질도 하겠지. 그러면서 너희 회사도 배울 게 생길 테고, 배우 관리 요령을 익히고 나면 나한테도 좋은 이야기가 될 테니까 그런 것뿐이야."

틀린 말은 아니다.

그 과정에 회사는 배우를 관리하는 매니지먼트이자 에이전시로 시행착오를 겪으며 나름의 채비가 갖춰지리라.

'물론 그러면서 우리 엔터의 배우 쪽 매니지먼트는 김승연의 입김에 좌지우지되는 곳이 되겠지만.'

얼마 전─그리고 현재진행형으로─소속사에 데인 김승연의 노림수란, 타인에 의해 좌지우지되지 않는 자신의 소속사를 갖추는 것일 테고, 나는 그런 그녀를 대신해 돈과 시간을 가져다 바치는 꼴이 될 것이다.

그러면서 회사에는 김승연의 영향력과 입김이 닿은 인재들로 TO가 갖춰질 테고.

'……뭐, 그렇긴 해도 나쁜 이야기는 아니야.'

김승연의 제안대로 한다면 SJ엔터테인먼트도 아이돌 전문 매니지먼트 회사로 그칠 것이 아닌, 종합 예능 소속사로서 성장할 계기가 될 것이다.

'만일 김승연이 딴 마음을 품기라도 한다면 이쪽에서 먼저

선수를 쳐서 내쳐 버리면 그만이지.'

어차피 김승연의 꿍꿍이속이야 전예은에게 들으면 그만이고.

'새삼 생각하는 거지만 전예은은 참 편리하군.'

그런 인재를 남에게 덥석 넘겨준다? 어불성설이다.

내 안에선 결심을 마쳤지만 그래도 흐름상 이 점은 짚고 넘어가야겠다.

"그런데 왜 하필이면 저희 회사죠? 굳이 그럴 게 아니라 지금 누나라면 누나가 1인 기획사를 만드는 편이 더 낫지 않겠어요?"

아무리 남의 돈이 좋다고 해도, 그녀가 바란다면 차라리 나를 투자자로 삼은 회사 설립을 하는 것이 훨씬 간편할 것이다.

"아, 그거."

김승연은 히죽 웃으며 불쑥, 몸을 앞으로 기울이더니 숨결이 닿을 만한 거리에서 내 눈을 지그시 쳐다보았다.

"성진이 너는 분명 지금이랑은 비교도 안 될 만큼 거물이 될 거야. 내 감은 비교적 잘 맞거든."

"······."

그거야 당연하지.

지금은 SJ컴퍼니라는 중견기업의 사장에 불과(?)하지만, 나는 장차 삼광 그룹의 차기 오너로 거듭날 테니까.

'······그래도 지금 굳이 이런 말을 하는 걸 보면 딱히 그런 의미로 한 말은 아닌가?'

김승연이 자리로 돌아가 등을 붙이며 말을 이었다.

"또, 윤아름은 갖고 놀면 재밌을 거 같아서."

"······."

다른 건 몰라도, 방금 그 말만큼 본심이겠군.

나는 고개를 끄덕였다.

"좋습니다. 계약하죠."

"진짜?"

아마 더 질질 끌 줄 알았던지, 내 말에 김승연이 활짝 웃었다.

새삼 생각하는 거지만, 김승연은 누구라도 길을 걷다 돌아볼 만큼 미인이긴 했다.

"말이 잘 통하네. 역시 내가 눈여겨본 애다워."

"······그래도 당장은 힘들어요."

"응? 아, 태산 말이야?"

"네. 태산 쪽이랑 계약 내용은 저희도 조금 알아볼 필요가 있어서요."

김승연은 그 정도쯤이야, 하는 얼굴로 고개를 끄덕였다.

"그건 알아서 해."

이후 김승연은 남은 커피를 마저 마신 뒤 자리에서 일어섰다.

"커피 잘 마셨어. 이만 가 볼 텐데, 바래다줄 거지?"

"죄송합니다만, 곧 업무 전화가 올 예정이어서요."

"흥, 나보다 더 중요한 일이니?"

"백하윤 선생님이신데요."

"······나중에 연락해."

천하의 김승연도 백하윤 앞에서는 한 수 접고 들어갔다.

"바이바이."

"살펴 가세요."

나는 김승연을 떠나보낸 뒤, 책상 앞 의자에 등을 파묻었다.

'저런 타입은 상대하기 어렵단 말이지.'

전예은도 당황할 만큼 즉흥적인 사고로 상대를 곤란하게 만드는 사람이다.

더욱이 그런 한편, 김승연은 중심축이 올곧아서 그런 유형의 인물은 자신의 가치관에 위배되거나 무언가 타협할 여지가 생기면 양보하지 않고 물러서는 면모도 있었다.

'윤아름에게 운운한 편협함이나 고집 이야기는 곧 자신의 이야기이기도 한 건가.'

(분명 서로 인정하지 않겠지만)윤아름과 김승연 두 사람은 역시 닮은꼴일지도 모르겠다.

'어쨌건 이용해 먹기는 쉽지 않은 인물이야.'

동맹은 되더라도 아군이나 수하는 되지 않는 인물이라고

할까.

'이를테면 곽성훈처럼.'

이왕 곽성훈을 떠올린 겸, 나는 이번 태산과 김승연의 계약 해지를 그에게 맡겨 볼까 생각했다.

'그 능력도 시험해 볼 겸해서.'

그가 내 회사를 떠나는 게 언제가 될지는 모르겠지만 이용할 수 있을 때까지는 이용해 봐야지.

잠시 그러고 있으려니 김승연이 돌아간 걸 본 모양인지, 전예은이 사장실 문을 두드렸다.

"사장님, 들어가도 될까요?"

"네, 들어오세요."

달각, 문이 열리며 전예은은 다기를 정리할 쟁반을 들고 사장실로 들어왔다.

"실례하겠습니다……. 사장님 몫의 홍차는 자리로 갖다드릴까요?"

그러고 보니 모처럼 타 준 홍차에 나는 손도 대지 않았군.

"그래 주세요."

"네!"

나는 (어째 방금 전보다 기분이 좋아 보이는)전예은이 책상에 내 몫의 홍차를 놓길 기다렸다가 입을 뗐다.

"이래저래 아침부터 일이 많았네요."

내 말에 전예은이 쓴웃음을 지었다.

"네…… 로비에서는 실례했습니다."

"아닙니다. 매번 있는 일도 아니고……."

아니지, 추후 김승연이 우리 소속사에 들어오게 되면 꽤 자주 보게 될 일이 되려나?

'……배우가 소속사 사무실에 들락거릴 일은 잘 없다지만, 그때가 오면 사무실을 옮기는 것도 고려는 해야겠어.'

그러잖아도 김승연 또한 '방송국과 멀다'며 가볍게 투덜대기도 했으니.

'겸사겸사 확장을 생각해 둬야겠군.'

이 정도 투자 리스크는 나라도 감수할 만하니까.

나는 전예은이 가져다준 홍차를 들며 말을 이었다.

"그래도 김승연 씨가 저를 찾아온 걸 보면 어제 윤아름 씨랑 분위기가 꽤 좋았나 보네요."

"아하하……."

전예은은 어째서인지 곤혹스러워하며 볼을 긁적였다.

"실은 그 반대예요. 잠시 샤워를 마치고 나왔더니…… 아름 양이랑 대판 싸우고 계시던걸요."

"……."

전예은이 말하길, 잠시 눈을 뜬 사이 (직접 말하지는 않았지만) '머리끄덩이를 잡고 싸워도 이상하지 않을' 분위기에서 거친 언쟁이 오갔다고.

'설마 그냥 윤아름을 괴롭히고 싶어서 우리 회사로 오겠다

고 한 건 아니겠지?'

음, 아니길 빈다.

'어쨌건 윤아름은 김승연과 같은 소속사가 된다는 것에 질색을 하겠군.'

어차피 윤아름의 자금은 우리 캐피털에 묶여 있으니 쉽게 떠나지도 못하겠지만.

그때 전화벨이 울렸다.

전화벨 소리에 전예은은 입을 꾹 다물었고, 나는 전화기 버튼을 눌렀다.

"예."

-사장님, 백하윤 대표님 전화입니다.

올 게 왔군.

윤선희의 말을 들으며, 나는 사장실을 나가려는 전예은을 눈으로 붙들었다.

"연결해 주세요."

-알겠습니다.

연결 신호음이 들리고 잠시 후 약간의 노이즈가 흘러나왔다.

"안녕하세요, 선생님."

기분은 어제 백하윤의 일방적인 통보에 대해 따지고 싶은 마음이 한가득했지만 나는 표면상으로는 예의 바르게 백하윤의 인사를 받았다.

―안녕하세요, 성진 군. 한국은 아직 아침이죠?

분명 백하윤도 그 일로 내가 무슨 말을 하려 할지 알 텐데도 수화기 너머, 태평양 건너 그녀는 태연했다.

"네. 어제 연락드렸더니 미국이라고 들었어요."

―그래요. 갑작스럽게 결정한 일이라 미처 연락을 못 했어요. 미안해요.

미안하기는.

'말로는 뭘 못 하겠어.'

그 바람에 이쪽은 꽤 골치 아프게 됐는데.

그래도 아직 갑은 저쪽이니, 나는 을의 입장에서 백하윤의 말을 받았다.

"아닙니다. 저도 미국에 잘 도착했는지 안부를 여쭙고 싶었어요."

―후후, 걱정 말아요. 편하게 잘 왔으니까.

뭐, 백하윤 정도 되는 위치면 퍼스트 클래스를 타고 편하게 갔겠지.

그래도 연로한 몸에 이렇다 할 준비도 없이 당일 미국행을 결행한 백하윤의 행동력만큼은 알아줘야겠다.

'그만큼 그녀에겐 바이올린 신동이 중요한 위치를 점하고 있는 거겠지만.'

나는 이쯤해서 본론으로 들어가고자 어조를 고쳐 입을 뗐다.

"그런데 미국에서 하려고 하신 건 잘 해결됐나요?"

-그럼요.

백하윤은 기다렸다는 듯, 흥분한 기색을 억눌러 가며 말을 이었다.

-크리스의 실력은 진짜더군요. 성진 군도 꼭 한번 만나 보았으면 싶을 정도로요.

백하윤은 미국 방문 목적이 예의 바이올린 신동을 만나기 위한 거란 사실을 숨길 생각도 없어 보였다.

'……그나저나 그 정도인가?'

나도 영상으로나마 그 자질을 눈치채긴 했지만, 어쨌건 백하윤의 보증을 들으니 최소한 그 꼬맹이가 사기꾼이 아니라는 건 알 것 같다.

"그날이 기대되네요. 지금은 CBS에 계신가요?"

-호텔이에요. 크리스를 바꿔 주고 싶은데…… 지금 목욕 중이어서.

벌써 한 호텔 방을 쓸 정도의 사이가 됐나.

뭐, 백하윤이 재능 있는 신인을 탐내는 정도를 생각해 보면 그것도 납득은 간다.

"괜찮습니다. 조만간 볼 때가 있겠죠. 한국에는 언제쯤 오실 수 있으세요?"

-미안하지만 체류가 조금 길어질 거 같아요.

백하윤이 들뜬 기색을 억누르며 딱딱한 말씨로 내 말을 받았다.

-지금은 외교부 쪽의 연락을 기다리는 중이고요. 새삼 우리나라의 행

정이 빠르다는 걸 실감하는 중이죠.

아무리 재능이 넘친다고는 해도 꼬맹이 하나를 데려오려고 외교부에 연락을 넣었다니, 이걸 어떻게 해석해야 할지.

"그러셨군요. 저는 선생님께서 남기신 통보와 관련해서 상담하고 싶은 내용이 있었는데, 다음 기회로 미룰까요?"

전화기 너머 백하윤은 잠시 숨을 골랐다.

─그 문제는……. 지금 성진 군 혼자인가요?

나는 대기하고 있던 전예은을 힐끗 쳐다보곤 대답했다.

"비서인 예은 씨와 함께 있습니다."

─예은 씨라…… 그러면 미안하지만 잠시 성진 군 혼자만 있을 수 있도록 자리를 비켜 주실 수 있나요?

내게 '구두적'으로만 언급하고 싶은 내용이 있는 모양이군.

'어차피 전예은도 알게 될 텐데.'

그래도 백하윤은 내가 전예은을 얼마나 신뢰하고 있는지 알지 못할 테니, 지금은 맞장구를 쳐 주기로 하자.

백하윤의 이야기를 들은 전예은은 나와 눈을 마주치자 내게 묵례한 뒤 조용히 사장실을 나갔다.

"말씀하신 대로 했습니다."

─번거롭게 해서 미안해요.

"아닙니다. 저랑 선생님 사이인데요."

─……그렇게 말해 주니 고맙기도 하고 부끄럽기도 하네요.

왠지 바다 건너 백하윤이 쓴웃음을 짓고 있는 모습이 눈에

선했다.

　-당시로선 제가 크리스를 데려오려면 그 수밖에 머릿속에 떠오르질 않았어요.

긴 말은 하지 않았지만, 나는 백하윤이 염려하는 것이 무엇인지 대강 짐작이 갔다.

크리스(바이올린 신동)의 재능이 진짜배기라고 할 때, 크리스의 소유권(?)은 일단 그녀를 발굴한 CBS 측에 있다.

CBS 측이 크리스를 어떻게 활용할지는 모르나 그들도 일종의 이익집단인 만큼, CBS측으로선 크리스를 띄워 올려 이런저런 방송이나 행사장에 끌고 다닐 공산이 컸고, 백하윤으로서는 한창 원석을 갈고닦아야 할 중요한 시기에 크리스의 처우를 방송사 측에 떠넘기고 싶지 않았을 것이다.

그래서 그녀가 CBS에 제시한 조건은 제대로 투자대비 성과를 낼 수 있을지 없을지 모를 크리스를 써먹는 것보단 한창 주가가 높은 SBY를 기용해 예능 프로그램 하나를 '거저' 먹는 것이 훨씬 이득이 되는 장사라는 것을 알려 주는 것.

'그래도 당시엔 아직 그 꼬마가 진짜배기인지 아닌지도 구분을 못 할 때일 텐데 말이지.'

뭐, 그 꼬맹이의 재능이 생각하던 것 이하였다면 백하윤도 나름의 조치를 취해 줬을 테지만.

어쨌건 백하윤으로서는 그 순간 기지를 발휘해 나름대로 '리스크'를 감수하며 일을 진행한 것일 터다.

물론 그녀가 앞세운 조건에 일방적으로 이용당한 입장에 선 떨떠름하긴 하지만.

–그러는 바람에 성진 군에게는 미안한 일을 하고 말았지만요.

알긴 아는군.

그나저나 대체 이번 통화에서만 몇 번을 내게 미안하다고 말하는 건지.

아무래도 백하윤은 자의적으로 자신의 관심이 내게서 그 소녀로 옮긴 것에 대한 죄책감이라도 느끼는 모양이지만, 그런 건 내게 아무래도 상관없는 일이었다.

'오히려 그로 인해 내게 유리한 협상을 끌어낼 수 있다면 그걸로 충분해.'

백하윤이 변명하듯 말을 덧붙였다.

–그래도 너무 CBS 측에만 유리한 조건인 것 같다고 생각하면 내가 책임지고 조율할게요.

"아니에요. 저도 꽤 재밌는 일이 될 거 같다는 생각을 했는 걸요."

–그런가요?

"예, 관련해서는 저희 나름대로 계획을 수립해 둔 상태입니다. 선생님께서는 염려하실 것 없어요.

물론 백하윤에게는 그로 인한 무형의 빚을 지울 예정이다.

백하윤도 그런 정도를 모르는 인물이 아니어서, 내가 하는 말이 무슨 의미를 내포하고 있는지 짐작한 듯 내 말을 받았다.

―그 대신이라고 말하긴 뭣하지만, 어제 회사에서 성진 군과 나눈 이야기는 성진 군에게 유리한 방향으로 진행될 수 있게끔 힘써 볼게요.

당연히 나도 그 정도는 받아 내야지.

그 내용은 바른손 레코드 측에도 결코 나쁘지 않은 결과일 거란 말은 지금 해 봐야 별 의미는 없을 테지만, 이 시대 기준으론 꽤 파격적인 내용일 테니 내부에서 백하윤이 힘써 주지 않으면 개혁을 이루기 어려운 것도 사실이다.

'그러니 전화상이긴 하지만 구두로 물밑 거래를 하는 중이고.'

어쨌건 나는 일단 형식적으로 백하윤의 말을 받았다.

"감사합니다."

―이해해 줘서 고마워요.

"아닙니다. 아, 이번에는 조금 다른 이야기지만…… 선생님께서는 크리스라는 여자애를 어떻게 하실 생각인가요?"

짐작은 가지만, 일단 그렇게 물어는 보았더니.

―지금으로선 진행되는 상황을 봐야 알겠지만, 제가 후견인이 되어 책임지고 보살필 거예요. 물론 그에 상응하는 교육도 수반할 테고요.

백하윤은 나나 CBS, 심지어 바른손 레코드의 협조조차도 받지 않고 크리스를 자신의 이상대로 키울 생각으로 보였다.

후원을 받는다는 건 곧 후원자에게 어떤 식으로든 후원자가 바라는 형태의 보은을 해야 하니, 그럴 바엔 차라리 백하윤이 사비를 털어 크리스를 양육하는 데 힘쓰겠단 의미였다.

'어떤 의미에서 보자면 후계자 육성이야말로 백하윤 인생의 두 번째 목표라고도 할 수 있을 테니까.'

 마동철의 말에 의하면 백하윤이 바른손 레코드를 공동 창업한 것도 그런 토양을 마련하기 위함인 모양이고.

 '어쨌건 백하윤은 인생의 목표 중 하나에 이르는 열쇠를 얻었군.'

 한편으론 크리스라는 인재를 내 쪽에서 당장 써먹기 힘들게 되었단 의미도 되지만, 이제부터 백하윤은 더 이상 다른 미련 없이 이쪽이 이득이 될 일을 할 일만 남았다는 건 내게도 큰 성과였다.

 '그 꼬마가 이 상황을 어떻게 받아들일지는 모르겠지만…… 채한열에게 들었듯 출신인 할렘에서 빈궁한 생활을 이어 가는 것보단 낫겠지.'

 이쯤하면 용건은 마친 셈이었다.

 어차피 긴 이야기는 할 수 없는 상황이고, 백하윤도 늦은 시간 호텔 전화기로 국제전화를 하는 중이니 업무와 관련한 이야기를 깊이 나누긴 힘들 것이다.

 "알겠습니다. 그래도 혹시 제 도움이 필요하다면 주저하지 말고 말씀해 주세요. 선생님도 아시겠지만 삼광 그룹에는 재능 있는 인재를 후원하는 재단이 있으니까요."

 ─고마워요.

 백하윤은 잠시 뜸을 들였다가 말을 이었다.

─이 말은 꼭 하고 싶군요. 성진 군을 만난 건 제 인생의 말년에 가장 큰 행운이었어요.

"……."

그 솔직한 감사의 칭찬에 나는 어떻게 반응할지 몰라 뜸을 들이고 말았다.

"……아니에요. 미국은 늦은 시간일 텐데, 일찍 주무세요. 아직 여독도 안 풀리셨을 거 같고요."

─후후, 그러게요. 긴장이 풀려서 그런지 이제야 시차가 오네요. 그러면 다음에 또.

"예, 안녕히 주무세요."

그렇게 백하윤과 통화를 마친 뒤, 나는 의자에 등을 기댔다.

'바라던 형태는 아니지만…… 일단 백하윤의 협조를 얻어내는 형태로는 꽤 이상적인가.'

나는 잠시 생각을 정리하다가 전예은을 호출했다.

'어쨌거나 이쪽으로선 백하윤이 저질러 둔 일의 뒤처리가 우선이지.'

통화를 마친 백하윤이 수화기를 내려놓았을 때, 욕실 문이 열리며 크리스가 나왔다.

"선생님, 샤워 다 했어요."

모친에게서 배웠다던 또박또박한 한국어.

백하윤은 크리스를 보며 그 사랑스러움을 견디기 힘들다는 듯한 미소를 지었다가 얼른 표정을 딱딱하게 고쳤다.

"옷 사이즈는 맞아요?"

"아……. 네."

대답은 곧잘 했지만, 원피스를 입은 크리스는 치마가 익숙하지 않은지 다소 어색한 몸짓이었다.

처음 크리스를 보았을 땐, 남자앤지 여자앤지 분간하기 힘들었다고, 채한열은 백하윤에게 너스레를 떨었더랬다.

그나마 영상 촬영 땐 채한열이 부랴부랴 옷을 사 입혔다고는 하지만, 백하윤의 눈에 남자가 고른, 그것도 사이즈도 맞지 않는 헐렁한 차림이 마음에 들 리가 없다.

그렇게 5성급 호텔에서 목욕을 마치고 컨시어지 서비스로 사들인 옷을 갖춰 입은 크리스는—원래도 꽤 예쁘장한 인상이었지만—누가 보아도 그 장래가 기대될 법한 귀여운 여자애가 되어 있었다.

"이쪽으로 오세요."

크리스가 우물쭈물하며 다가가자, 백하윤은 그녀가 목덜미에 걸친 수건으로 덜 마른 머릿결을 마저 닦아 주었다.

"잘 안 말리면 감기에 걸려요."

"……네."

처음엔 백하윤을 향해 경계심을 감추지 않던 크리스는 그녀가 엄격하긴 해도 자신에게 호의적이라는 것을 눈치챈 것인지, 이제 그녀의 손길에 몸을 맡길 만큼 신뢰하는 것으로 보였다.

"다 됐다. 그럼 저도 씻고 올 테니까 일찍 잠자리에 드세요."

"네, 선생님. ……아, 저 만화영화 봐도 돼요?"

백하윤은 잠시 생각하다가 고개를 끄덕였다.

그래, 아직 어린아이다.

요즘 들어 갑작스러운 일이 연거푸 일어났을 테니, 불안하기도 하겠지.

백하윤은 크리스의 응석을 받아 주기로 했다.

"조금이면 괜찮아요."

"감사합니다."

공손하게 백하윤을 배웅한 크리스는 그녀가 욕실로 들어가 물소리가 들리길 기다렸다가 흠, 하고 가볍게 웃었다.

"……Ok, 이걸로 1단계는 통과했군."

그리고 크리스는 백하윤이 내려놓은 전화기를 물끄러미 쳐다보다가 침대에 다이빙하듯 뛰어들었다.

크리스는 5성급 호텔의 침대에 푹 싸여 그 감촉을 느끼듯 눈을 지그시 감았다.

"아, 이 감촉이 그리웠다니깐."

그리고 침대에 와불상처럼 누운 크리스는 리모컨을 들어

TV를 틀었다.

크리스는 리모컨으로 채널을 이리저리 돌리다가—약간 야시시한 장면이 나오는 채널에서 잠깐 멈칫하곤—만화영화가 나오는 채널을 지나 경제 뉴스 채널에서 시선을 고정했다.

"흠."

크리스는 어른들도 알아듣기 힘든 전문용어가 영어로 흘러나오는 그 채널을 물끄러미 쳐다보며 하품을 하곤 엉덩이를 긁적였다.

"노다지네, 노다지."

뭐, 계좌 하나 없는 크리스로서는 그림 속의 떡에 불과했지만.

그래서 크리스는 망설임 없이 아까 전 약간 야시시한 장면이 나오던 채널을 틀었다.

-Oh, Mister! I miss you…….

진한 키스 장면을 심드렁한 얼굴로 보던 크리스는 곧 침대에 벌러덩 누워 호텔 천장을 보았다.

"……이성진이라."

그러며 이성진의 이름을 중얼거린 크리스는 아이답지 않은 얼굴로 입매를 비틀었다.

"안녕하십니까!"

여진환이 인사하며 사무실로 들어서자 일찍 출근해 먼저 자리를 잡고 있던 정진건이 여진환을 보았다.

"여 형사, 잠시 나 좀 보겠나?"

여진환은 정진건의 말에 어리둥절해하며 그에게 갔다.

"예, 무슨 일이십니까?"

"음, 별건 아니고…… 들으니까 자네, 석동출 형사와 예전부터 알고 지내는 사이라지?"

정진건의 입에서 석동출이 언급되자 여진환은 어떤 표정을 지어야 할지 난감해하며―힐끗 살펴보니 강하윤은 아직 출근 전이었다―고개를 끄덕였다.

"예, 그렇습니다."

"그래. 요즘 석동출 형사는 좀 어떤가?"

요 며칠 여진환도 인수인계 등으로 바쁜 나날을 보내고 있었던 터라 입원해 있는 석동출에 대해선 신경을 쓰지 못했다.

"알아보겠습니다."

"아니, 그럴 것까지는 없고……. 괜찮다면 자네 얼굴을 빌려서 면회라도 해 볼까 했거든."

정진건의 말에 여진환은 내심 당혹했다.

그러잖아도 석동출은 조설훈 살해 사건의 열쇠를 지고 있는 인물이니, 정진건이 석동출을 보자고 했다는 건 곧 그가 사건의 진상을 향해 발걸음을 떼기 시작했단 의미였다.

그럼에도 여진환 역시 석동출이 '진실'을 감추고 있다는 의심을 품고 있었기에, 자신의 사적 지인이기도 한 석동출에게 정진건을 소개하는 것에 심리적 저항을 느낀 것이다.

그래도 어쩌겠는가, 정진건은 자신의 상사이기도 하니.

더욱이 여진환 역시도 사적 감정에 치우치는 것만큼이나 석동출이 감추고 있는 그날의 진실이 궁금했던 차였다.

"한번 알아보겠습니다."

"그래 주면 고맙고."

"아닙니다. 그러면 면회 수속을 알아보겠습니다."

여진환은 정진건에게 양해를 구한 뒤 자리로 돌아가 수화기를 들고 수첩을 뒤적였다.

그러는 사이 강하윤이 출근했다.

"안녕하십니까! 좋은 아침입니다!"

어제 회식이 리프레시가 되었는지 강하윤은 싱글벙글 웃는 얼굴로 인사했고, 정진건이 고개를 끄덕여 강하윤의 인사를 받았다.

"음, 왔나."

"예, 선배님. 어제는 잘 들어가셨습니까?"

정진건은 쓴웃음을 지으며 고개를 끄덕였다.

"그래, 강 형사도?"

"예."

강하윤은 여진환에게도 아침 인사를 하고 싶었지만, 그는 자리에 앉아 자신이 온 줄도 모르는 양 꽤 진지한 얼굴로 통화 중이었기에 강하윤은 어깨를 으쓱이곤 정진건과 여진환 사이의 제 자리를 찾아 앉았다.

정진건은 강하윤이 자리에 앉기를 기다렸다가 불쑥 말을 건넸다.

"강 형사, 오늘 일정이 어떻게 되나?"

"아, 예. 재판용 조세광 자료 정리가 조금 남았습니다."

"금방 끝나겠군. 그러면 혹시 모르니 시간을 비워 두게."

"예, 선배님."

강하윤은 왠지 모르게 정진건이 그녀가 존경하던 예전의 그 모습으로 돌아오는 듯하다고 느끼며 자리를 정리했다.

"정 형사님."

통화를 마친 여진환이 진지한 얼굴로 고개를 돌렸다.

그에게 본격적인 출근 첫날의 감상을 물어보려던 강하윤은 여진환의 표정을 보곤 반사적으로 입을 다물었다.

여진환은 그런 강하윤에게 짧게 묵례한 뒤 정진건에게 말을 이었다.

"정 형사님, 석동출 형사는 이미 퇴원했다고 합니다."

여진환의 말에 정진건이 책상에서 고개를 뺐다.

"퇴원?"

"예. 벌써 며칠 되었다고 합니다."

통화 내용을 전하는 여진환의 표정이 딱딱했다.

다른 경찰서 소속인 석동출이 그들에게 퇴원을 알릴 의무는 없다지만 아무 보고도 없이, 그것도 아직 몇 주는 더 요양을 취해야 할 사람이 며칠 전에 퇴원을 했다고 하니 여진환은 그 일 자체에 께름칙함을 느낀 것이다.

정진건은 잠시 생각하다가 입을 뗐다.

"강 형사."

정진건과 여진환 사이에 낀 강하윤은 지금 무슨 이야기 중인지 의아해하며 대답했다.

"예, 선배님."

"여 형사를 도와서 Y서에 석동출 형사가 복귀했는지 문의해 주게."

"예, 알겠습니다."

"그럼."

정진건이 자리에서 일어섰다.

"나는 잠시 박강호 검사님을 뵙고 오지."

"예, 아, 넵. 다녀오십시오."

말을 마친 정진건은 두 사람에게 석동출 건을 맡겨 두곤 박강호를 만나러 갔다.

박강호가 있는 검사 사무실로 향하며 정진건은 생각했다.

'왠지 석동출은 Y서로 복귀하지 않았을 것 같군.'

이는 석동출이 사건의 핵심을 쥐고 있다는 걸 알면서도—여기에 변명을 덧붙이자면 조설훈 사망 사건에 대해 의구심을 품고 있는 인물은 극소수였고, 심지어 동료 경찰들에게 석동출은 위증자가 아닌 버디를 잃어 가며 현장에서 대응한 비극의 영웅이었다—그를 제대로 감시하지 못한 자신의 불찰이었다.

여진환이나 강하윤이 수소문을 해 봐야, 아마 석동출의 행방은 찾을 수 없을 것이다.

'나는 어째서 쓸데없는 시간을 보내면서……'

정진건은 문득 치밀어 오르는 자기혐오를 꾹 눌러 참으며 검사 사무실 문을 두드렸다.

"강 형사님."

검사 사무실에선 방승혁 수사관이 정진건을 반겨 주었다.

"김보성 검사님을 찾아오셨습니까? 김보성 검사님은 지금 휴가 중이어서……"

"아뇨, 박강호 검사님을 뵈러 왔습니다."

"아."

방승혁은 수리를 마친 사무실 안쪽 방을 힐끗 쳐다보며 대답했다.

"잠시만 기다려 주십시오."

방승혁은 사무원을 시켜 박강호에게 정진건 형사가 찾아왔음을 알리게 했고, 이윽고 허락이 떨어졌다.

"들어가셔도 됩니다."

정진건은 짧게 고개를 끄덕여 감사를 표한 뒤 박강호가 있는 사무실 안쪽으로 향했다.

"어서 오십시오."

박강호는 검토 중이던 서류를 옆으로 밀어내며 자리에서 일어섰다.

"어제는 잘 들어가셨습니까?"

"예, 덕분에."

정진건은 박강호와 악수를 나눈 뒤, 그가 안내한 책상 맞은편 의자에 앉았다.

"그러잖아도 슬슬 정식으로 인사를 드리려 했습니다만."

박강호가 의자에 도로 엉덩이를 붙이며 말을 이었다.

"김보성 검사님께서도 이번 사건에 모르는 점이 생기면 정 형사님께 문의하라고 말씀하셨거든요."

"……제 도움이 필요한 일이 있다면 주저하지 말고 말씀해 주십시오."

"하하, 그땐 잘 부탁드리겠습니다."

박강호는 이 다소 데면데면할 수도 있는 분위기를 서글서글한 웃음으로 시원하게 풀어냈다.

"그건 그렇고."

박강호가 말을 이었다.

"어쩐 일로 저를 보자고 하셨습니까?"

"예, 다름이 아니라."

정진건은 힐끗, 의식적으로 방문이 닫힌 걸 확인한 뒤 말을 받았다.

"아침부터 검사님을 뵙자고 한 건, 몇 가지 보고드리고 상담했으면 하는 일이 있어섭니다."

"보고 및 상담이라······. 저에게요?"

정진건은 지체 없이 대답했다.

"예, 혹시 조설훈 건에 대해 김보성 검사님께 들으신 말씀이 없을까 해서요."

정진건의 말에 박강호는 입가에 드리운 미소를 살짝 거둬들였다.

"그 사건이라면 기소할 것도 없이 종결된 사건이라고 들었습니다만."

"예. 공식적으로는 그러합니다만."

정진건이 잠시 뜸을 들였다가 말을 이었다.

"저는 그 문제에 아직 수사할 내용이 남았다고 판단했습니다."

"······."

박강호는 입을 꾹 다물었다가 다시 입을 뗐다.

"말씀해 보시죠. 어떤 점이요?"

"예. 그러니까······."

정진건은 보고서에 기재하지 않은, 양상춘이 조사한 조설훈의 죽음과 관련한 의구점을 박강호에게 간추려 전했다.

그 말에 잠시 생각에 잠겼던 박강호는 웃음기를 완전히 거둬들이곤 진지한 얼굴로 입을 뗐다.

"즉, 그건 처음부터 석동출 형사가 위증을 했을지도 모른단 말씀입니까?"

"그런 가능성도 염두에 두고 있습니다."

비록 입장과 예의상 에둘러 대답하긴 했지만, 본질은 그렇지 않다.

정진건의 흔들림 없는 대답을 들으며 박강호는 의자에 등을 붙였다.

"검사 입장에서는 참견하기 조심스러운 사안입니다만……정치적으로는 조금 곤란한 사안이 될지도 모릅니다."

"알고 있습니다."

거참.

박강호는 속으로 쓴웃음을 지었다.

박강호 역시 김보성과 마찬가지로 석동출이 위증을 하고 있을지 모른다는 가능성은 염두에 두고 있었지만, 이를 섣불리 건들지 못한 건 여러 가지 이유가 있었다.

첫째론 검찰과 경찰의 관계였다.

비록 검찰이 수사지휘권을 통해 경찰에게 명령을 내리는 입장이긴 하나, 엄밀히 말해 경찰은 검찰과 상하 관계가 아니다.

그러다 보니 두 기관은 수사권을 두고 은근한 알력 다툼을 이어 가기 일쑤였고, 이는 정권이 바뀔 때마다 두 기관 사이에 불거지는 정치적 문제 중 하나였다.

이런 와중 검찰 측에서 '경찰의 위증 가능성'을 걸고넘어지며 수사에 들어간다? 그것도 동료 경찰들의 위로와 찬사를 받는 영웅에게?

그러자면 자연히 은근슬쩍 덮인 배성준의 비리를 다시금 들춰 내야 할 것이고, 모든 걸 밝힐 수 없는 보도 제한이 걸린 사안의 정황증거뿐인 상황에 언론은 우선 검찰에게 비난의 화살을 들이댈 것이다.

섶을 지고 불구덩이에 뛰어드는 것도 정도가 있는 법이다.

'그래서 김보성 검사님도 이 문제를 공식적으로 짚어 내기 곤란해하셨지.'

둘째는 안기부의 존재.

정진건은 꿈에도 모르고 있겠지만, 김보성은 인수인계 과정에서 박강호에게 '비공식적으로' 안기부의 존재를 언급했다.

제아무리 예전만 못하다고는 하나, 그래도 안기부는 여전히 국가가 '비공식선상에서' 발휘할 수 있는 최상위 집행기관이었다.

그러니 만일 이 문제를 잘못 건드려 안기부를 자극하기라도 한다면, 그건 그것대로 꽤나 민감한 사안으로 발전할 여지가 다분했다.

김보성이 박강호에게 안기부의 존재를 언급한 건, 그도 박강호로 하여금 이 문제에 접근하고자 한다면 신중해야 할 필요가 있다는 걸 가르쳐 주기 위함이었다.

'그렇다고는 하지만…….'

박강호는 굳이 따지자면 김보성과 같은 과였다.

박강호 역시 출세에는 별 미련이 없는 사내였고, 여차하면 때려치우고 변호사를 개업하면 되지 않겠느냐는 생각을 하는 인물이었다.

그야 물론 김보성은 그런 박강호를 두고 '자네는 성격상 변호사는 못 할 거'라고 말하긴 했지만.

'……어쨌거나 그런 의혹 제기를 경찰 측에서 해 주었다면야.'

생각을 마친 박강호는 넌지시 말을 건넸다.

"그래도 사안이 사안이니만큼 저도 '공식적'으로 수사권을 드릴 수는 없습니다."

"예."

"다만."

박강호가 말을 이었다.

"몇 가지, 제 권한으로 정 형사님께 할당된 업무 내용 몇 가지를 배제해 드리는 정도는 가능할 것 같군요."

이만하면 충분하다.

정진건은 김보성의 후임으로 그가 들어오게 되어 잘됐다

고 생각하며 고개를 꾸벅 숙였다.

"감사합니다."

"형사님께서 제게 감사하실 일은 아니죠."

박강호가 보란 듯 쓴웃음을 지었다.

"그래도 가끔씩 제게 구두 보고만 해 주시면 그걸로 충분합니다."

"예, 알겠습니다."

그렇게 밀담 아닌 밀담을 마친 뒤, 사무실로 복귀한 정진건은 딱딱하게 굳은 얼굴을 한 강하윤의 보고를 들었다.

"선배님, Y서에 문의해 보니 석동출 형사가 배지를 반납했다고 합니다."

"……그랬나."

병원에서 때이른 퇴원을 했다고 들었을 때 혹시 그렇지 않을까, 생각했는데.

여진환이 덧붙였다.

"저, 형사님. 그러면 제가 주변에 연락을 돌려 볼까요?"

"연락이 되지 않던가?"

"……예."

"그렇다면 그럴 필요 없네."

어차피 이렇게 된 이상, 그 행방을 찾으려 해도 찾을 수 없을 것 같으니까.

정진건이 목소리를 낮춰 말을 이었다.

"석동출 형사 건은 잠시 묶어 두고, 우리는 우선 구봉팔 측을 조사해 보자고."

구봉팔이 선글라스를 슬쩍 아래로 내리며 주위를 두리번거렸다.

"정말로 이런 곳에서 보자고 했나?"

"예."

아무리 사람 눈을 피해야 하는 일이라고는 하지만, 이런 곳에서 접선을 하리라곤 생각하지 못한 구봉팔이었다.

부산이라고 하면 그래도 명색이 대한민국 제2의 도시라 불리는 곳인데, 구봉팔도 해운대를 기대한 정도는 아니지만.

'그래도 이런 깡촌이라니.'

구봉팔과 강이찬은 지금 바다 내음과 퀴퀴한 어물전 냄새가 찌든 어느 항구의 문도 열지 않은 허름한 횟집 앞에 서 있었다.

제아무리 여름철 성수기가 끝물이라지만 이곳은 휴가철을 맞은 관광객이 올 만한 곳이 아니어서 그런지, 저 멀리 갈매기 우는 소리가 들릴 뿐, 인적도 드물었다.

철컥.

그때 잠긴 횟집 문이 열렸다.

구봉팔은 횟집 앞의 물도 채워 넣지 않은 텅 빈 수조를 쳐다보다가 고개를 돌렸다.

횟집에서 나온 노인은 문을 열어 준 뒤 어두컴컴한 횟집 안쪽으로 들어가 버렸고, 그런 노인의 뒷모습을 보던 구봉팔이 강이찬에게 슬쩍 물었다.

"들어오란 의미인가?"

"……잘 모르겠습니다."

그래서 그들은 횟집 앞에서 하염없이 기다렸다.

승용차로 서울에서 부산까지 막힘없이 달려 밤에야 도착한 두 사람은 호텔에서 여독을 풀기로 했다.

"방은 따로?"

"그러죠."

형님 동생 하는 사이가 되기는 했지만 강이찬은 원래 남과 잘 어울리지 않는 성격이었고, 구봉팔도 그런 강이찬과 호텔에서까지 같은 방을 쓰며 부대낄 생각은 없었다.

여름 끝물이어서 그런지 예약 없이 와도 호텔 빈 방을 찾는 건 어렵지 않았다.

강이찬은 호텔 체크인을 할 때 위장 신분을 댔다.

체크인을 마치고 호텔 복도를 걸으며, 각자는 각각의 방

앞에 멈춰 섰다.

"그래서, 자네는 어떻게 할 건가?"

구봉팔이 불쑥 물은 말에 강이찬이 대답했다.

"현지를 돌며 정보를 모아 볼 생각입니다."

"……."

안기부 요원이 어떻게 정보를 모으는지는 모르겠지만, 구봉팔은 지금 강이찬을 '안기부 요원'으로 보아야 할지, 복수를 위해 맨땅에 헤딩하려는 미친놈으로 보아야 할지 감을 잡기가 힘들었다.

'……지금 행동도 안기부랑은 따로 노는 기색이고.'

그도—잠시 몸을 숨긴다는 목적하에—겸사겸사 강이찬을 따라오긴 했지만, 그가 어떤 계획을 갖고 있는지는 구봉팔도 확신하기 어려웠다.

까놓고 말해서 강이찬이 복수 대상으로 삼고 있는 광남파란 조직에 대해선 (조금 경계는 해야겠지만)별 감정도 없고—이 시점의 구봉팔은 아직 자신의 습격을 사주한 인물이 광금후라는 확신이 없을 뿐만 아니라 그가 광남파와 밀약 중인 것을 알지 못했다—이참에 호텔에서 빈둥대며 휴가 아닌 휴가를 보내도 무방했다.

하지만 강이찬이 이성진에게 휴가를 요청해 가며 자신을 따라온 건, 그 나름대로 구봉팔 자신을 통해 얻어 낼 것이 있다고 판단했기 때문이리라.

또한.

'이대로 저 녀석이 여기저기 들쑤시고 다니다가 객사라도 해 버리면 꼬마 사장 볼 낯이 없지.'

생각을 마친 구봉팔이 입을 뗐다.

"일단 내 방으로 오게. 얼마나 체류할지는 모르지만 옷가지 몇 개랑 이런저런 생필품도 사야 할 테고…… 이제부터 어떻게 행동하면 좋을지도 생각해 둘 겸해서."

"예."

강이찬은 주저 없이 몸을 돌렸다.

'영 재미없는 녀석이군.'

구봉팔은 속으로 생각하며 호텔 룸으로 들어갔다.

"앉게."

구봉팔은 냉장고에서 생수 두 병을 꺼내 하나를 강이찬에게 건넸다.

"혹시 부산에 정보원이 있나?"

"……."

"깊게 캐물을 생각으로 한 말은 아니야. 그냥 예스 아니면 노로 대답해도 돼."

"있습니다."

"그렇군. 그쪽을 이용할 수는 있고?"

강이찬은 잠시 생각하다가 고개를 저었다.

"아뇨. 한다면 윗선에 보고가 갈 겁니다."

역시나.

아무리 안기부 요원이라지만 강이찬은 말단일 터이고, 그런 말단이 윗선의 승인 없이 안기부 라인의 정보원을 쓰기란 쉽지 않을 것이다.

"그러면 내 쪽을 통하는 게 좋겠군. 물론 나는 표면상으론 칼에 맞아 앓아누워 있는 상태이니, 나대신 자네가 움직여 줘야겠어."

"예."

구봉팔이 양보해 주는 입장이지만, 피차 고맙단 말은 할 필요가 없었다.

따지고 보면 지금 두 사람은 '비즈니스적'인 관계이니까.

"자, 그럼 자네는 지금부터 내 부하인 걸로 하지. 이름은 아까 호텔에서 댄 걸로 하면 되겠나?"

"그러죠."

"지금부터 익숙해져야겠군. 이름이 뭐였지?"

"김민수입니다."

아, 그랬지.

'나 참, 가명 고르는 센스하고는.'

구봉팔이 고개를 끄덕였다.

"그러면 김민수. 민수 너는 누가 묻거든 구봉팔의 부하 내 지는 동생이라고 내 이름을 팔게. 그래도 어차피 깊게 캐묻지는 않을 거야. 부산은 조광의 나와바리가 아니니까."

"예."

"오히려 경우에 따라선 조광이 영역 확장을 꾀하는 걸로 상대가 오해할 수도 있다는 점은 염두에 두고."

"예."

잘 따라오고 있는 건지.

사람에 따라선 조광을 '전국구 조폭'으로 받아들이는 이들도 더러 있지만, 실상은 조금 다르다.

결과적으로 말하자면 '조폭으로서 조광'은 여타 지방과 마찬가지로 부산 진출에는 실패했다.

지방에는 지방 나름의 색체가 강했고, 지방의 그런 배타적인 경향은 외지인의 침범을 용인하지 않았다.

부산 역시도, 아니 부산은 그런 지방색이 유독 강한 편이었는지, 천하의 조광이라 할지라도 부산에 뿌리내리기는 쉽지 않았던 것이다.

그래서 조성광이 택한 건 '기업으로서 조광'이었다.

어쨌거나 유통을 업으로 삼는 입장에 항만을 낀 부산은 매력적인 장소였고, 그런 부산을 마냥 '계륵' 취급하며 포기하기엔 조성광도 욕심이 일었던 것이다.

그 결과 조광은 자회사 중 하나를 설립해 부산에 회사를 차리고, 그 회사로 하여금 조광이 국내 물류 유통의 허브로 자리매김하도록 했다.

구봉팔이 말을 이었다.

"그런 상황이니 민수 자네가 대놓고 광남파에 대해 묻기란 쉽지 않을 테지. 설혹 접근하려거든 신중하게 하게."

"예."

대답은 잘하는군.

대답만 잘할 뿐일지도 모른다는 것이 우려되긴 한다만.

"그래도 내 대리로 얼굴을 비추고 다닐 뿐이니 별로 크게 신경 쓸 건 없을 거야. 부산에 있는 애들은 조폭보단 사업가에 가까운 이들이고, 어디까지나 조광이 '사업적 확장'을 계획하고 있다는 식의 맞장구만 치다 돌아와 주면 그만이지."

이후 구봉팔은 '김민수'에게 이런저런 자잘한 이야기를 들려주며 어떻게 행동하면 좋을지를 말해 주었다.

"말이 길었군."

구봉팔이 자리에서 일어섰다.

"내가 전달할 내용은 여기까지고, 필요에 따라선 나도 동행하겠네."

구봉팔이 담배 세 개비째를 태울 즈음, 덜컹덜컹, 정비되지 않은 콘크리트 가도를 지나 국산 검정색 세단 한 대가 그들이 있는 횟집 앞에 멈춰 섰다.

그리고 검정 세단 뒷좌석 창문이 스르르 열리며 험상궂은 사내가 강이찬과 구봉팔을 보더니 툭하고 말을 건넸다.

"스울서 오신 분들이오?"

강이찬이 고개를 끄덕이니, 남자가 문을 열고 차 밖으로 나왔다.

"혼자 온다꼬 들었는데."

차에서 내린 남자는 장신인 강이찬이나 꽤 덩치가 큰 편인 구봉팔보다도 거대했다.

강이찬이 준비한 구봉팔에 대해 둘러댈 말을 꺼낼 새도 없이 남자가 차 지붕을 손바닥으로 통통 두드렸다.

"나온나."

사내의 말에 검정색 쫄티를 입은 남자가 조수석에서 나와 트렁크로 달려가더니 아이스박스를 꺼냈다.

"거, 안에 계시지 않구서. 마 들어가십시다."

그러며 사내는 아이스박스를 든 부하 뒤를 따라 휘적휘적 횟집 안으로 들어갔고, 강이찬과 구봉팔은 서로를 쳐다본 뒤 그 뒤를 따랐다.

예의 부하는 횟집 안쪽으로 가 버린 모양이었다.

아까 전 노인이 간단한 상을 봐 두었는지 어스름한 햇빛이 들어오는 비닐이 깔린 탁자에는 지방 소주며 간단한 안주 및 야채 모둠이 놓여 있었고, 그 탁자 앞에 자리 잡은 사내는 당근을 쌈장에 찍어 으적으적 씹어 대며 먼저 소주를 따랐다.

"앉으쇼."

강이찬과 구봉팔은 그 제안을 따랐다.

사내는 강이찬과 구봉팔이 앉기를 기다렸다가 입을 뗐다.

"소개가 늦었소. 봉식이 햄 밑에 있는 서동호요."

"김민수입니다."

강이찬이 가명을 댔고, 구봉팔이 뒤를 이었다.

"박진호요."

"그렇구먼."

서동호가 말을 이었다.

"그라믄 스울서 오신 양반들."

서동호가 술잔을 들었다.

"한 잔씩 하입시다."

아침부터 술인가.

로마에 오면 로마법을 따르랬다고, 강이찬과 구봉팔은 서동호를 따라 각각 한 잔씩 술잔을 꺾었다.

"쓥."

서동호는 안주 삼아 번데기를 한 입 먹은 뒤 빈 잔에 소주를 따라 주었다.

"우리 행님께 들으니까……."

구봉팔은 묵묵히 술잔을 받았지만 강이찬이 술을 거부했다.

"차를 끌고 와서요."

"아따, 그까이 꺼."

서동호가 히죽 웃었다.

"강알리 가서 해장국 한 그릇 묵고 사우나 가서 땀 쫙 빼면 다 깬다 아이요. 마 신경 쓰지 말고 한 잔 받으소."

"……."

"아니면 그쫙 행님도 받았는데, 동상은 안 마신단 거요?"

구봉팔이 끼어들었다.

"신경 쓰지 마시오. 원체 벽창호 같은 친구라."

"흠, 동상보단 그쫙이 좀 더 말이 통하겠구만."

두 사람은 딱히 조직 관계도 아니지만, 구봉팔은 그 오해를 정정하지 않았다.

"……아, 선생은 나이가 어찌 되시오?"

구봉팔의 나이를 들은 서동호가 씩 웃었다.

"한참 위시구만. 동안이시오."

서동호가 말을 이었다.

"우리 햄한테 들으니까 거서 뭔가 도움을 준다 카데예."

구봉팔의 나이를 들으니 나름 존칭을 써 주는 서동호였다.

"예."

구봉팔은 '내가 따라오지 않았으면 이 자리 분위기는 파국에 치달았겠군.' 생각하면서 대답했다.

"저희와 마찬가지로 그쪽도 광남파 건으로 꽤 머리가 아프지 않습니까?"

"……쓰벌."

광남파 이야기가 나오자 서동호가 인상을 구겼다.

"내 말이. 거 창원 촌구석에서 올라온 놈들이 뭔 약을 판다카데예. 금마들 때메 짭새들이 눈에 불을 켜고 있다 안 하요."

서동호가 투덜댔다.

"우리 짝에서 잡아 볼라케도 영 신출귀몰해서리. 은제 함 조지뿌야 되는데……. 금마들, 스울서도 활동합니꺼?"

"그런 조짐이 있소. 전국구로 나가 보려는 건지."

"하 돌겠네. 천지 삐까리도 모르는 새끼들이."

서동호는 술을 입안에 털어 넣었다.

"쓥, 그쪽…… 아, 햄이라 불러도 되지요?"

"그러시죠."

"그라입시더. 암튼 햄도 연배가 있으시니 아시겠지만서두……."

서동호는 묵묵히 앉아 있는 강이찬을 재수 없는 샌님 보듯 힐끗 쳐다보곤 구봉팔에게 말을 이었다.

"그, 뭐시냐, 범죄와의 전쟁? 그거 때에 다들 쪼까 고생했다 아이요. 우리도 함 데이꼬, 쩌어기 칠성 쪽도 크게 데였고. 그래가 쫌 잠잠히 있었드만 별 촌구석 잡놈이 와서 설친데이. 참말로 한창때 조광도 이카지는 안 했는데."

"……."

조광이란 이름만큼은 부산에도 퍼진 모양이었다.

"마 됐고."

서동호가 어조를 바꿔 말을 이었다.

"그나저나 헴, 우리 행님이랑은 어뜨케 아는 사이요?"

묵묵히 있던 강이찬이 입을 뗐다.

"못 들었습니까?"

서동호는 '그쪽에게 물은 게 아닌데' 하는 얼굴로 강이찬을 보았다.

"하모."

"그러면 대답하지 않겠습니다."

서동호의 관자놀이가 꿈틀했다.

"니 이카기가?"

구봉팔은 그 말을 들으며 잠깐 '일본어인가' 하고 생각했다가 '너 자꾸 이런 식으로 나올 거냐?'라는 뜻의 방언임을 조금 뒤늦게 알았다.

본인을 창원 출신이라고 했던 강이찬은 어쨌건 서동호가 하는 말을 무리 없이 알아들은 모양이었다.

아니 지금은 그게 중요한 게 아니지.

"그렇다면?"

"……."

구봉팔은 홀로 인상을 구겼다.

'저거, 내버려 두면 큰일 나겠는데.'

생각해 보면 강이찬은—구봉팔 자신에겐 조금 터놓은 상태지만—어쨌거나 '조폭'을 혐오하는 인간이었다.

물론 어느 쪽이 큰일 나게 될지는, 명약관화했다.

그야 덩치나 완력은 서동호가 앞서겠지만, 구봉팔은 강이찬의 손가락이 쇠젓가락 끝을 매만지고 있는 걸 놓치지 않았다.

'나 원 참.'

구봉팔이 끼어들었다.

"동호 씨 상사가 아무런 말을 하지 않았다면 그런 이유가 있을 거란 의미요."

구봉팔의 말에 서동호는 잠시 그를 물끄러미 쳐다보다가 머리를 긁적였다.

"동호 씨는 무슨…… 마 동생이라 하이소."

"그러지."

"암튼 햄이 그라시니 내 할 말이 없네. 하믄 그짝에서 우리한테 구체적으로 어떻게 도움을 줄 수 있단 거요?"

구봉팔이 대답했다.

2장

강이찬과 구봉팔이 '봉식이 파'라 불리는 조직의 수장, 최봉식을 만난 건 부산에 도착한 지 사흘째 되던 날이었다.

"여보세요."

이성진의 차 트렁크에 있던 핸드폰을 김민수 명의로 개통한 강이찬이—이성진의 허락은 얻어 두었다—전화를 받았다.

─아, 민수 씨. 대운유통 박철민 사장입니다.

대운유통이란 조광의 자회사 중 한 곳이다.

구봉팔이 말한 대로 그는 조폭보다 사업가에 가까운 인물이었고, 부산이 고향이라던 그는 조광의 부산 진출 당시 첨병으로 입지를 다진 무리 중 한 사람이었다.

"아, 예. 박 사장님. 별고 없으셨죠."

그래서일까, 조폭이라면 생리적인 혐오감이 앞서는 강이찬도 이럭저럭 부드러운 태도로 그를 상대할 수 있었던 것인데.

-하하. 물론입니다.

부산 출신이라고는 했지만 조광에서 파견한 출신답게 억양에 방언 낌새가 조금 있을 뿐, 그는 표준어에 가까운 화법을 구사했다.

-그나저나 민수 씨, 별 예정이 없으시다면 점심이라도 함께하시겠습니까? 제가 한턱 쏘겠습니다.

어제 처음 만난 사이에, 그것도 구봉팔의 부하로 얼굴만 비춘 자신에게 따로 만남을 청한 것에는 이유가 있을 것이다.

하지만 강이찬은 이 문제를 자신의 선에서 결정할 일이 아니라고 판단했다.

"잠시 스케줄을 살펴보겠습니다."

-그럼요. 저도 갑작스럽게 연락한 거니까…… 천천히 전화 주십시오.

"예, 알겠습니다."

통화를 마친 강이찬이 옆에서 쭈구려 앉아 쭈쭈바를 먹고 있던 구봉팔에게 말을 던졌다.

"어제 보았던 박철민이 저를 보자고 하는군요."

"흠."

구봉팔이 쭈쭈바를 입에서 떼며 고개를 끄덕였다.

"슬슬 부산에도 내가 당했단 소문이 퍼진 모양이군."

구봉팔을 대신해서 왔다고 했으니, 박철민 쪽에서는 응당 '본사'에 연락을 취해 보았을 것이다.

'창원 출신 김민수'에 대해선 이미 믿을 수 있는 부하들과 사전에 입을 맞춰 뒀으니 문제 될 것이 없지만.

강이찬의 정체가 탄로 날 걱정은 접어 두더라도 조광의 실세로 거듭나는 중인 구봉팔이 부산에 관심을 보이고 있다는 건, 꽤 흥미로운 뉴스거리다.

박철민의 이야기를 들었을 본사에서는 구봉팔이 당최 무슨 의도로 이러는 건지 알아보려 수소문할 것이고, 어쩌면 구봉팔은 본사에서도 따로 세력을 확장하고자 하는 누군가와 행선이 겹치는 중일지도 모른다.

'밤새 고민했겠지.'

박철민은 이미 부산에 뿌리를 내리고 기틀을 잡아 둔 상태이며, 지방 조직으로 독립성과 자의적 판단을 보장받고 있으니 그는 본사에서 벌어지고 있는 파벌 다툼을 관망하며 자신의 이득이 되는 방향으로 붙을 선택권이 있는 처지였다.

그러니 박철민 입장에서는 지금 누구 편에 붙어야 이득이 될지 어제 하루 종일 저울질을 고심했을 것이다.

그런 와중 '구봉팔이 습격을 당했(을지 모른)다.'는 소문은 그쪽 바닥에서도 꽤 파다하게 퍼졌을 것이니, 어떻게 움직이면 좋을지 갈피를 잡기가 힘들 터.

박철민은 좀 더 이득이 될 만한 솔깃한 쪽에 붙으려 할 것이고, 이번 통화는 그 고민의 결과물이리라.

'그 일로 누군가를 소개할 생각인가?'

박철민을 일컬어 사업가에 가깝다곤 하나 어쨌건 본질은 그도 조폭이다.

그 또한 조광의 이름으로 사업을 확장하는 과정에 이래저래 지역 조폭들과 다소 기름칠은 해 두었을 터.

"형님은 어떻게 생각하십니까?"

형님이라.

강이찬의 말에 구봉팔은 웃음이 나오려는 걸 참았다.

그야 강이찬이 호칭하는 '형님'이란 조폭들 사이의 위계에 의해 만들어진 것이 아닌, 말 그대로 애매한 연장자를 부르기 위한 것이란 건 알고 있지만, 부산에 도착해 '조폭 스타일'로 옷을 입혀 두었더니 강이찬에게서 들은 '형님'이란 말에 별 위화감이 없었던 것이다.

"일단 만나 봐야겠지."

구봉팔이 몸을 일으키며 말을 이었다.

"그래도 혹시 모르니 이번에는 나도 동행하겠네."

"괜찮겠습니까?"

"상관없어. 박철민은 나를 모르니까. 설령 나를 알아보더라도 상관없고."

구봉팔도 박철민에 대해선 그가 소위 말하는 '조성광 사단의 엘리트 그룹'이라는 것만 알고 있을 뿐이었고, 몸 쓰는 일이 전문인 구봉팔 쪽과는 얼굴을 마주할 일이 없었다.

"알겠습니다. 그럼 전화를 걸죠."

강이찬은 핸드폰을 열어 박철민과 통화 후 전화를 끊었다.

"형님이 동행하신단 이야기는 하지 않았습니다."

"잘했네. 그런 말을 해 봐야 경계만 살 뿐이니까. 아, 혹시 모르니까…… 나는 박진호라고 해 두지."

"어떤 사람입니까?"

"장건후 정도로."

조광이 합법적인 사업체로 거듭나는 동안 어느 파벌에도 붙지 못한 한물간 건달이란 의미였다.

"그러면 그 자리에서도 형님이란 말을 해도 되겠군요."

"그렇게 하게."

두 사람은 두런두런 대화를 주고받으며 차에 올랐다.

부산에 와서 소고기를 먹게 될 줄은 몰랐다.

"아, 오셨습니까."

주차장에서 강이찬을 기다리고 있던 박철민은 조수석에서 내린 구봉팔을 보더니 강이찬에게 시선을 향했다.

"일행이 계신 줄은 몰랐습니다."

구봉팔은 선글라스를 낀 채 건성으로 고개를 꾸벅 숙였다.

"박진호요."

"아, 예. 박철민이라고 합니다."

박철민이 명함을 뒤적이는 사이, 구봉팔이 입을 뗐다.

"됐소. 그런 거 받아 봐야 쓸데도 없으니까."

"아……. 예."

박철민은 그래도 괜찮겠냐는 식으로 강이찬을 보았지만, 강이찬도 별로 신경 쓰지 않는 눈치였다.

"저희 형님이랑 아는 사이인 분인데, 조금 이야기할 것이 있었거든요."

박철민은 구봉팔을 힐끗 살폈다.

'박진호'란 인물은 가격표도 없는 시장에서 산 옷을 입고 있었고, 어딘지 '한물간 건달'의 냄새를 물씬 풍겼다.

사고를 치고 지방에서 자숙 중인, 그런 부류일까.

'내가 누군지 알아보지 못하는 눈치군.'

그런 박철민의 시선을 눈치챈 구봉팔이 입을 뗐다.

"나는 신경 쓰지 말고 그냥 일 보슈. 상이나 하나 차려 주면 그만이니까."

그러며 구봉팔은 가게로 향했다.

"안 들어올 거요?"

"아, 예, 갑니다."

구봉팔의 말에 박철민은 떨떠름해하는 기색을 애써 감추며 가게로 들어갔다.

노포 사장은 박철민을 알아보고 2층에 자리를 마련해 달라는 요청에 말없이 고개를 끄덕였다.

"아, 떨어진 곳에 따로 1인상만 차려 주십시오."

박철민의 뒤를 이어 강이찬은 그렇게 말하곤 계단을 올랐다.

구봉팔은 다소 멀리 떨어진 곳에 따로 자리를 잡았고, 박철민과 강이찬은 상 두 개를 이어 붙인 자리에 앉았다.

"보통 부산에 오면 회를 먹어야 한다느니 합니다만, 여기야말로 아는 사람만 아는 명물이죠."

박철민은 저 멀리 떨어진 불청객의 존재를 의식하지 않으려 애쓰며 빙긋 웃었다.

"그래서 민수 씨가 부산에 계시는 동안 대접하고 싶었습니다."

"감사합니다."

"그리고 음, 눈치채셨겠지만 꼭 소개드렸으면 하는 분이 있어서요."

"그런 것 같군요."

강이찬은 여유롭게 박철민의 말을 받았다.

'그렇다고 하니 최소한 이 가게에서 칼부림 일어날 걱정은 하지 않아도 되겠군.'

그 직후 종업원이 숯불을 들고 올라왔고, 박철민은 그에게 구봉팔이 앉은 자리를 가리켰다.

"저쪽에 먼저."

"예."

구봉팔이 앉은 자리에 불이 들어오고, 박철민이 목소리를 낮춰 조심스럽게 물었다.

"저, 그런데…… 박진호 씨라고 하셨죠. 뭐 하는 분입니까?"

박철민이 '박진호'를 의식하는 이유는 불 보듯 뻔했다.

애써 자리를 잡아 놨더니 구봉팔과 친분 관계인 웬 잡놈이 나타나 깃발을 꽂지나 않을까 하는 우려가 있는 것이리라.

"아, 진호 형님요."

강이찬은 거론하기도 귀찮다는 듯 대답했다.

"예전에 사고 치고 자숙 중인 형님이신데…… 봉팔 형님께서 지방으로 내려간 김에 겸사겸사 얼굴이나 한번 보고 오라고 해서요."

"아."

박철민은 강이찬의 말에 조금 안도하며 고개를 끄덕였다.

그만하면 '박진호'라는 인물이 누구인가 하는 설명으로 충분했고, 긴 말은 필요 없다.

조광이 '기업'으로 거듭나며 박진호 같은 한물간 건달은 발에 채도록 많았던 것이다.

"이사님은 의리가 있으시군요."

"잔정이 많은 형님이죠. 그보다 소개하실 분이라니, 누구십니까?"

"아, 예."

박철민이 의식적으로 자세를 바로 하며 대답했다.

"부산에서 알게 된 분인데, 저도 꽤 신세를 졌고…… 민수 씨도 안면을 트면 좋을 것 같아서요."

강이찬은 박철민의 말에 에두르는 일 없이 단도직입적으로 물었다.

"이 바닥 분입니까?"

강이찬의 말에 박철민이 쓴웃음을 지었다.

"예, 뭐. 까놓고 말하면 그렇습니다."

"……흠."

"아, 걱정하실 거 없습니다. 선대 회장님께서도 지방 쪽에서는 지방의 룰을 따라야 한다고 말씀하셨고……."

박철민이 변명하듯 덧붙였다.

"저희도 선대 회장님의 말씀을 따라 상부상조하고 있거든요."

"그렇군요. 저는 선대 회장님을 뵌 적이 없어서……."

"하하, 보통 그럴 겁니다. 저도 자주 뵙지는 못했거든요."

조성광의 말을 금과옥조로 삼고 있는 박철민은 굳이 따지자면 그는 '조성광 쪽' 파벌로 분류할 만한 인물이었다.

'다시 말하면 구봉팔 쪽에 붙을 여지도 충분한 인물이겠군.'

박철민이 착잡해하며 말을 이었다.

"원래라면 장례식장에도 얼굴을 비춰야 하는 게 회장님의 은혜를 입은 사람으로서 마땅한 도리입니다만, 그러지 못해 송구할 따름입니다."

"그러셨군요."

"아, 혹시 민수 씨도 가셨습니까?"

"예."

이성진을 따라 조성광의 장례식장에 갔던 강이찬은 현장이 어땠는지 막힘없이 대답했다.

"……하지만 저희도 그날 그런 소식을 들을 줄은."

박철민이 고개를 끄덕였다.

"예. 두 자제분이 돌아가신 일 말씀이죠. 안타깝게 됐습니다."

"정말입니다."

명복을 비는 양 잠시 뜸을 들인 박철민이 어조를 고쳐 입을 뗐다.

"아, 그러고 보니 소문을 들었는데요."

"어떤 소문 말씀이십니까?"

"조설훈 사장님의 따님께서 뭔가를 하신다고요."

아무리 그가 본사 쪽 정보를 열정적으로 그러모으는 중이라지만, 그게 부산까지 퍼졌나.

'이게 여기서 이렇게 이어지다니.'

이건 이것대로 이성진이 계획한대로 진행 중이구나 생각하며 강이찬은 대답했다.

"아, 세화 아가씨 말씀이십니까?"

"예. 회장님께서 귀여워하셨죠."

박철민은 본사에 있던 시절 조성광이 조세화를 여기저기 데리고 다니던 때를 회상하듯 말했다.

"아가씨가 아주 어릴 적 일이니 기억하실지 모르겠습니다만 회장님께서 부산에 오셨을 때 접대한 적도 있습니다."

박철민에게는 그게 잊기 힘든 영광의 순간이었을까.

"그러셨군요."

아니면 구봉팔의 대리로 온 자신에게 일부러 그런 충성스런 면모를 어필하는 중인지도 모르고.

"저도 말단에 불과해 자세히는 모릅니다만 평소부터 친분이 있던 삼광그룹 도련님과 연계해 무언가 사업을 하시려는 것 같았습니다."

"하하, 구봉팔 이사님 대리로 오신 분이 마냥 그러실 리가 없죠. 이사님께선 분명 민수 씨를 높이 사고 계실 겁니다."

사업가답게 사탕발림 하난 알아줘야겠다.

"그런데 사업이라니, 어떤……?"

역시 사업가답게 박철민은 돈 냄새를 맡았는지 그 촉을 세웠다.

"말씀드렸듯이 저도 말단이라 자세히는 모릅니다."

강이찬은 일부러 한발을 뒤로 뺐다.

그리고 강이찬은 박철민의 얼굴에 실망의 빛이 떠오르기 직전 말을 이었다.

"다만, 듣기로는 물류유통 쪽이라던가……."

"물류유통?"

물류유통이라 함은 박철민이 사장으로 있는 대운유통과 결코 무관하지 않은 사업이다.

"예. 아, 이건 비밀입니다만."

강이찬이 목소리를 낮췄다.

"소문에 의하면 아가씨께선 그 댁을 찾아가 이휘철이랑도 면담을 했다고 합니다."

"……흐음."

이휘철이라니.

그도 사업가를 자처하는 이상, 국내 굴지의 대기업 회장(이었던)의 이름과 그 신변을 모를 리 없었다.

'소문에 의하면' 이휘철은 회장직을 사임한 뒤 몰래(?) 만들어 둔 삼광전자의 자회사를 통해 이런저런 파격적인 사업을 진행하면서 그룹 전체에 영향력을 행사 중이라는 것도.

그런 삼광에서 (반쪽이라곤 하지만)조광과 손을 잡고 '물류유통'사업을 생각 중이다?

그것도 이휘철의 집을 찾아가면서까지.

'이거 참. 내게도 이런 기회가…….'

사실, 유통사로 이름이 드높은 조광이지만 이도 어디까지나 국내에 한정한 내용이다.

하지만 만일 삼광과 손을 잡게 된다면, 그쪽에서 생산해

낸 각종 수출 및 수입 물류는 어디를 거치겠는가?

'바로 여기, 부산이지.'

삼광그룹에도 물산이 있지만, 그건 이휘철의 조카가 경영하는 곳이고, 따지자면 '직계'가 아닌 곳이다.

더욱이 삼광물산은 이휘철이 좌지우지하기에는 너무 덩치가 커져서, 그는 이 기회에 삼광물산이 가는 길과 다른 방향을 모색한 것이리라.

'그것도 우리 아가씨를 통해서.'

진한 돈 냄새를 맡은 박철민은 엉덩이를 들썩여 가며, 자신의 조바심을 내색하지 않는 척 강이찬에게 물었다.

"그런데 민수 씨, 방금 자조하신 것치곤 꽤 자세히 알고 계시는군요."

"숨길 것도 없죠. 의리 하면 저희 형님 아닙니까?"

그러며 강이찬은 힐끗, 의식적으로 '박진호'가 홀로 앉아 있는 테이블을 보았다.

"저희 형님이 아가씨의 뒤를 봐 주고 계시다 보니 같은 말단끼리는 서로 이래저래 이야기가 오가곤 합니다."

"하하, 그랬군요."

그렇지 않을까 했는데, 역시나.

"예. 뭐, 그 과정에 이런저런 시행착오가 있긴 했습니다만 저희 형님에게도 드디어 해 뜰 날이 온 거죠. 다만……."

강이찬이 의도적으로 인상을 찌푸리며 말끝을 흐리자, 박철민은 공연히 눈치를 살피며 입을 뗐다.

"혹시 소문이 사실이었습니까?"

"소문이라니요?"

"그…… 구봉팔 이사님께 불미스런 일이 생겼다는."

박철민이 미끼를 물었다.

'구봉팔이 습격을 당해 중태에 빠졌고, 부하들은 비밀리에 이번 일을 사주한 범인을 찾고 있다.'

이성진과 구봉팔이 의도한 대로 '알게 모르게' 퍼진 소문은 부산에 있는 박철민의 귀까지 들어갔다.

물론 이러한 소문은 일부러 알고자 하지 않으면 퍼지지 않는 것으로, 이것이 구봉팔에 대한 정보를 모으는 박철민의 적극성에서 비롯하였음은 말할 것도 없는 일이다.

'그러면 이제부터 약간의 연기가 필요하겠군.'

강이찬은 험상궂은 얼굴을 하며 눈을 부릅떴다.

"그거, 어디서 들었습니까?"

"예?"

'조폭이라 생각하기 힘들만큼 신사적으로 보이던 김민수'가 처음으로 보인 난폭한 모습에 박철민은 당황했다.

"아, 저기, 그게."

"……."

"소문입니다, 민수 씨. 저는 어디까지나 그렇다는 소문만 들었을 뿐입니다."

박철민은 식은땀을 흘리며 변명했다.

"결코 나쁜 뜻은 없었다는 제 진심을 알아주셨으면 합니다."

잠깐 겁박한 것뿐이지만 강이찬이 생각한 것 이상의 효과가 있었다.

'생각 이상으로 겁쟁이였나 보군.'

사실 이는 강이찬도 생각하지 못한 요소로, 박철민도 지금은 사업가의 탈을 쓰고 있을 뿐 명색이 조폭이다.

개장수가 나타나면 개는 꼬리를 말고 숨는다고 했던가.

박철민도 폭력에 노출된 삶을 살아온 인간답게 '그런 부류'를 감지하는 후각이 발달한 편이었고, 그는 예전부터 강이찬에게서 희미하게 느끼던 강자의 잔향을 제대로 맡은 것이다.

어쩌면 '구봉팔의 심부름꾼에 불과한 김민수'에게 호의적으로 대했던 것도 박철민의 그런 무의식적인 면모가 배어 나온 결과일지도 모른다.

"……."

"……."

그 덕에 필요 이상으로 흉흉해진 자리는 제3자의 개입이 있기 전까지 이어졌다.

"아."

박철민이 지옥에서 부처를 만난 얼굴로 고개를 돌리며 앉은 자리에서 일어섰다.

"최 사장님, 오셨습니까."

기척을 느끼고 있던 강이찬도 내심 그 개입을 반기며 슬쩍 고개를 돌렸다.

부하 둘을 대동하고 나타난 남자.

최 사장이라 불린 인물은 작고 단단한 체구를 한 사내로, 흰머리가 드문드문 보이는 짧게 친 머리에서 이미 그 전성기가 지났음에도 마치 바윗돌을 떠오르게 하는 느낌을 풍겼다.

'저 사람인가.'

강이찬은 그가 '조폭'이라 불리는 부류의 인물임을 단박에 알아보았다.

그는 여름임에도 긴팔 셔츠를 입고 있었는데, 그 소매 아래 문신이 새겨져 있으리란 것쯤은 쉽게 예상할 수 있었다.

최 사장은 박철민과 강이찬을 슥 돌아보곤 외딴 곳에 앉아 혼자서 고기를 구워 먹고 있던 구봉팔을 물끄러미 쳐다보더니 입을 뗐다.

"거, 뉘신교?"

구봉팔은 그 눈을 마주보다가 자리에서 일어섰다.

"박진호라 합니다."

"근데 와 거기 있는교. 저짝으로 가입시다."

최 사장은 그 말만을 던지곤 박철민의 맞은편, 강이찬의 옆자리에 앉았고, 뒤따라온 부하 둘은 얌전히 잇따라 붙은 테이블에 자리를 잡았다.

상황을 보던 구봉팔도 하는 수 없이 최 사장을 따라 박철민의 옆에 앉았다.

박철민은 '박진호'의 합류를 어색해하면서 최 사장에게 말했다.

"소개해 드리겠습니다, 민수 씨. 여기 계신 분은 최봉식 사장님이시라고, 제가 오래 전부터 신세를 지고 있습니다."

강이찬이 꾸벅 고개를 숙였다.

"김민수라고 합니다."

"야, 박 사장한테 전화로 들었소. 스울서 오신 분들이지예?"

"예."

"부산에 잘 오셨심다. 맛난 거 마이 묵고 가이소."

최봉식은 보기와 달리 정중한(?) 태도로 강이찬에게 인사한 뒤, 이번에는 구봉팔을 보았다.

"인사가 늦었소. 지는 부산에서 조그만 사업하는 최봉식이라예."

그리고 최봉식이 눈을 반짝 빛냈다.

"하모 일단 박진호 씨라 부르면 되겠능교?"

박철민은 최봉식이 '한물간 건달'을 윗배로 착각하는 것 같아 당황했지만, 왠지 모르게 끼어들 분위기가 아니란 걸 직감하곤 엉덩이만 들썩일 뿐 아무 말도 하지 못했다.

구봉팔은 구봉팔대로 최봉식의 눈을 똑바로 마주보며 대

답했다.

"편하게 불러 주십시오, 어르신."

"어데예. 진호 씨를 존중해야 이짝에도 떨어질 것이 있는 기라. 으르신이라 불릴 만치 대단한 사람도 아이니 마 최 사장이라 불러 주이소."

"……최 사장님, 혹시 저랑 어디서 뵌 적이 있던가요?"

최봉식은 잠시 뜸을 들였다가 웃음을 터트렸다.

"하하하, 내 머리가 나빠가 든 게 없지만은 박진호 씨 같은 사람을 기억 못 할 정도로 맹꽁이는 아니오. 암튼 간에."

웃음을 그친 최봉식이 담담한 어조로 말을 이었다.

"우리가 가족은 아니지마는 조광에 신세지고 있는 것이 있다 보이 마, 한 식구라 보아도 무방할 거란 생각은 하고 있심더."

"그거 참 감사한 말씀입니다."

박철민은 어째 대화가 '김민수'를 내버려 두고 '박진호'를 중심으로 돌아가는 상황에 어찌할 바를 몰랐지만, 저 '한물간 건달'로 보이던 남자가 보이는 모습에 내심 '실수했나?' 하며 당혹스러워했다.

그러거나 말거나 구봉팔은 더 이상 정체를 숨길 것도 없다는 듯―비록 앞서 댄 가명만큼은 암묵적인 합의로 얼추 넘어가고 있지만―분위기를 바꿔 최봉식과 대화를 이어 갔다.

"그 말씀은 저희에게 도움을 주실 의향이 있다는 걸로 받아들여도 되겠습니까?"

최봉식이 씩 웃었다.

"그 말씀은 쫌 성급한 거 같소. 일단 밥이나 묵고 이야기하입시다. 나이가 드니 시장기를 참는 게 어려워 가꼬."

최봉식의 말이 끝나자마자 주인이 숯불 두 개를 든 종업원과 함께 소고기를 가지고 올라왔다.

주인은 소고기 두 접시를 부하들이 앉은 옆테이블에 몰아놓은 뒤 꾸벅 고개를 숙이고 뒤로 물러났다.

"더 필요한 거 있으십니까?"

"알아서 꺼내 묵겠소. 나중에 빈병 세쇼."

주인이 물러나고 최봉식은 구봉팔에게 말을 던졌다.

"술은 쫌 합니꺼?"

"조금은요."

최봉식이 옆 테이블에 눈짓하자 군말 없이 고기를 굽는 부하를 제외하고 남은 부하가 2층 냉장고로 향해 소주와 맥주를 가지고 왔다.

이런 일이 꽤 익숙한지 먹음직스럽게 고기를 초벌로 구운 부하가 최봉식이 앉은 테이블로 부지런히 고기를 날랐다.

"자, 그라믄."

최봉식은 박철민이 따른 술잔을 들었다.

"건배하입시다. 부산에 오신 걸 환영합니더."

"환영합니다."

박철민의 공허한 돌림을 들으며 테이블에 앉은 모두는 마치 응당 그래야 하는 것처럼 잔을 꺾었다.

그렇게 고기를 몇 점인가 먹은 뒤에야 최봉식이 다시 입을 뗐다.

"내 들으니."

최봉식이 말을 이었다.

"스울에 쪼까 곤란한 일이 있다고 들었심더."

"……."

주제를 미루고 미룬 것치곤 꽤 단도직입적이군.

한편으론 조성광이 부산에 진출하지 못한 까닭이 이런 사내가 버티고 있어서일 거라고 생각하며 구봉팔이 대답했다.

"벌써 부산까지 소문이 닿았습니까?"

"그라기도 하고, 아이기도 하고."

의뭉스레 구봉팔의 말을 받은 최봉식이 빙긋 웃었다.

"진호 씨는 어디까지 알고 오셨소?"

이쪽이 가진 패를 보려는 건가.

구봉팔은 눈앞의 사내가 만만치 않겠단 생각을 하며 대답했다.

"창원에서 온 조직 하나가 이 지역을 꽤 곤란하게 만들고 있다는 것 정도는 압니다."

사업가 일은 사업가에게, 조폭 일은 조폭에게.

어쨌건 저들도 광남파의 '마약 밀매'로 골치가 아프겠거니

해서 말을 꺼냈더니.

"하하하."

최봉식이 건조한 웃음을 터뜨렸다.

"곤란하게 만들고 있다……. 깽깽이들 표현을 쫌 빌리자면 '쪼까 거시기'한 표현이오."

최봉식은 스치듯 잠깐 음산한 눈을 했다가 원래 어조로 돌아와 말을 이었다.

"지도 일선에서 물러난 몸이라 자세히는 모릅니다마는 그라도 마, 진호 씨 말씀이 마냥 틀린 것 맹쿠로 들리지는 않소."

최봉식으로선 '광남파'가 부산에서 활개를 치는 일이 꽤 자존심 상하는 일인 듯했다.

"예전 같으믄 마, 애들 불러다가 시키믄 되는데 지금은 시대가 시대 아잉교. 핏덩이들하고 어울려 놀믄 우리도 금마들이랑 다를 게 뭐꼬, 그라서 쫌 관망 중이다, 이 말이요."

그 와중 자존심을 챙기는 허세를 잊지 않는 걸 보면, 최봉식이란 인물은 꽤 단순한 것 같기도 했다.

"또 덧붙이자믄 말이요."

최봉식이 눈을 가늘게 뜨며 말을 이었다.

"혹시나 금마들이 부산에 와가 설치는 게, 스울서 시키가 그라는 거 아잉가 하는 생각도 했심더."

"……."

최봉식의 말인 즉, 광남파가 부산에 세력을 확장하려는 것이 조광이 뒷배를 봐 주고, 그 빽을 믿고서 설치는 것이 아니냔 의미였다.

그러며 최봉식은 만일 그런 것이었다면 부산 조직들은 연합을 이뤄서라도 조광의 진출을 막아설 거라는 경고 또한 겸하는 중이었다.

이를테면 예전 조성광의 부산 진출을 막아 냈듯이.

'그야 조성광 회장 생전에 마약류를 엄금한 건 분명하지만.'

그렇다고 광남파의 막나가는 행동의 책임을 이쪽에 묻는 건 조금 불쾌했다.

"그럴 리가요."

구봉팔이 속내를 감추며 담담하게 말을 받았다.

"아시는지 모르겠지만, 지금은 저희 회사도 발등의 불을 끄기 급급한 상황입니다."

"그래예?"

최봉식이 히죽 웃으며 술잔을 채웠다.

"하기야 인자는 피차가 함부로 움직이 봐야 얻는 것보다 잃을 게 더 많다 아임니까. 니캉 내캉 알아서 하자 한 거이 작고하신 선대 회장님 뜻인데 이제 와서 고걸 손바닥 뒤집듯이 바까뿌믄 우리도 참 곤란하지 않겠습니꺼."

구봉팔은 최봉식이 따라 준 술잔을 받으며—그 방언을 말을 해석하느라 대답이 조금 늦었다—대답했다.

"옳으신 말씀입니다. 그건 저희가 모시고 있는 세화 아가씨 뜻도 아니고요."

"세화 아가씨?"

박철민이 끼어들었다.

"조성광 회장님의 손녀분입니다."

"아, 그 아. 가가 벌써 그리 크뿟나."

최봉식 또한 조세화와 면식이 있었던 듯했다.

'꽤나 위험한 자리였을 거 같은데, 그런 곳까지 손녀를 데리고 다녔다니 조성광 회장도 어지간했군.'

그게 조성광의 자신감일지도 모르겠지만.

"그라믄 박진호 씨 쪽은 그 아 편이라 봐도 되겠네예."

"그렇습니다."

구봉팔이 긍정하니 최봉식이 히죽 웃었다.

"하모 됐네……. 근데 그라믄, 금마들은 우찌 된 겁니꺼?"

"예?"

금마들, 이라고 하면 그 녀석들을 뜻하는 말인데, 대체 누굴 말하는 건지.

구봉팔이 당황한 걸 본 최봉식도 그 못지않게 당황한 눈치였다.

"으잉? 모르고 온 깁니꺼?"

"……자세히 들려주실 수 있겠습니까."

그러잖아도 아까 전부터 조금씩 대화의 아귀가 들어맞지

않는단 느낌이 들었던 터였다.

"이거 참."

최봉식은 피식피식 웃으며 술잔을 꺾은 뒤, 잔을 내려놓았다.

"좋심다. 근데 내 말주변이 없어가 우찌 된 일인지 말씀드리기 어렵단 건 좀 이해해 주이소."

그 뒤 최봉식은 고개를 돌려 옆 테이블에서 고기를 굽고 있던 부하에게 말을 던졌다.

"야야."

"예, 행님!"

즉각 집개를 내려놓고 정화한 부하에게 최봉식이 말을 이었다.

"동호 금마 지금 어딨노?"

"예, 행님. 기장에 내려갔지 말입니다, 행님."

기장? 기장이 어디더라.

구봉팔이 생각하는 사이 최봉식의 말이 이어졌다.

"언제 오노?"

"오늘 밤에는 끝난다꼬 들었습니다, 행님."

"마, 그라믄 이따 동호 금마한테 연락해가 내일 스울서 오신 손님이 보잔다고 전하그라."

"예, 행님."

"그라고 연락 닿으믄……."

최봉식은 그제야 한참 전부터 묵묵히 있던 강이찬을 보았다.

"……여 계신 민수 씨한테 전달하그라."

"예, 행님."

아무런 말도 하지 않았음에도 최봉식은 구봉팔이 강이찬보다 서열상 위라는 것쯤은 들어오자마자 알아챈 모양이었다.

그건 단순히 '박진호(구봉팔)가 더 나이가 많아 보여서'가 아니란 것쯤은 여기 있는 모두가 잘 알고 있었다.

"글타고 긴 말은 하지 말고. 알제?"

"예, 행님."

여기서 보고 들은 것은 새어 나가면 안 된단 의미였다.

용건을 마친 최봉식이 구봉팔을 보았다.

"동호 가가 현장에 있는 아잉께, 지보단 가가 더 잘 알 겁니더."

"감사드립니다."

최봉식 본인은 더 이상 '현장' 일을 가지고 왈가왈부해가며 모양 빠지는 일은 하지 않겠단 뜻이었다.

"자, 그라믄."

최봉식이 다시 입을 뗐다.

"우리는 우리끼리 할 수 있는 일을 해 보입시다. 방금까지 여 계신 박 사장님하고 무신 이야기를 하셨능교?"

그러면 그렇지.

의리의 부산 조폭이니 뭐니 해도, 의리보단 제 배를 채우는 게 급선무인 건 여기나 저기나 매한가지인 것이다.

식사를 마치고 최봉식을 먼저 떠나보낸 뒤, 주차장에 남은 구봉팔은 담배를 입에 물었다.

"아, 저기."

담배를 입에 문 구봉팔에게 식당 계산을 마치고 온 박철민이 얼른 달려와 불을 붙여 주었다.

"고맙소."

"아뇨, 아닙니다. 저도 한 대 태우겠습니다."

"알아서 하시오."

식사 전에 보였던 모습과 확연히 달라진 태도의 박철민이 조심스레 담배를 입에 물고 불을 붙였다.

"저어."

박철민이 조심스레 말을 건넸다.

"혹시 구봉팔 이사님이셨습니까?"

생각해 보면 아무리 눈치가 없어도 이런 자리에 아무나 데려 올 리가 만무한 데도.

굳이 변명하자면 조폭이란 부류는 원체 제멋대로 살기 일쑤인 족속들이라 구봉팔이 누구란 것을 알아보지 못했다.

구봉팔은 박철민의 말에 픽 웃으며 연기를 뱉었다.

"그게 중요합니까?"

"……."

박철민은 마른침을 꼴깍 삼키곤 뻐끔뻐끔 담배를 태웠다가 기침을 콜록였다.

"그, 아까는 실례했습니다."

그러며 박철민은 혹시 구봉팔에 대해 나쁜 말을 하지는 않았을지, 재빨리 오늘 자신이 했던 말 전체를 머릿속으로 복기했다.

떠올려 보면 다행히 그런 일은 없었던 것 같다.

"뭘 그런 것 가지고. 나야말로 숨겨서 실례했소."

"아닙니다. 이사님께서 그러신 데엔 다 이유가 있으니까요."

"이유?"

어디 한번 생각한 바를 말해 보란 구봉팔의 말에 박철민은 잠시 뜸을 들였다가 대답했다.

"예. 이사님께선 지금 습격에 피해를 입은 척 범인을 찾고 계시지 않습니까?"

"……."

구봉팔은 긍정도 부정도 하지 않으며 담배를 피울 뿐이었고, 그 침묵 속에서 박철민이 말을 이었다.

"그리고 그 단서가 부산에 있다고 판단하신 걸 테고요."

박철민의 말은 아까 전 고깃집에서 최봉식이 의뭉을 떨어가며 제 부하에게 떠넘긴 것과 달리, 그에게 나름의 정보가 있다는 신호였다.

"박 사장께서는 그 일에 대해 뭔가 알고 있소?"

"저도 자세히는 모릅니다."

"대략적으론?"

"그게."

박철민은 신중하게 대답했다.

"본사 쪽에서 파벌 다툼이 벌어지고 있고, 그중 한 계파가 광남파를 지원하고 있다는 소문이 돕니다."

"광남파라."

광남파가 여기서 이런 식으로 엮일 줄 몰랐던 구봉팔은 내심 놀랐다.

'그래서 최봉식은 내게 광남파와 관련해서 그런 식으로 말했던 건가.'

박철민이 구봉팔의 표정을 살피며 조심스레 말을 이었다.

"그리고 이사님의 습격을 사주한 쪽이 그 계파 중 하나가 아닐까…… 하고."

"흐음, 그건 이쪽도 확신이 없던 건데, 꽤나 자세히 알고 있군요."

구봉팔의 지적에 박철민이 움찔했다.

확실히, 듣기에 따라선―그 진실과 무관하게―부산 쪽이

조광 본사의 실세 중 한 사람인 구봉팔을 이용해 손 안 대고 코 풀고자 하는 것처럼 보일 여지도 있었으니까.

"저어, 광남파는 솔직히 부산에서도 골칫거리거든요. 그 왜, 약에 손댄단 소문도 있고 말입니다."

"음."

역시 현지에서 얻는 정보는 귀중하군.

광남파가 약에 손을 대고 있다는 건 강이찬에게 들은 바이지만, 강이찬이 가져온 정보는 안기부에서 기밀로 취급하는 것이 강이찬 개인의 관심사와 겹쳐 알게 된 것에 불과했는데.

부산 쪽 조폭들도 '약'에 손대는 것이 얼마나 위험한지 알고 있기에 그들 또한 광남파의 행보를 예의 주시하는 모양이었다.

다만.

"설령 그렇다고 해도 조광이 직접 개입하긴 곤란한 사안이오."

구봉팔의 말에 박철민이 고개를 끄덕였다.

"이해합니다."

현재 조광 본사가 혼란스럽다는 건 차치하더라도, 조광이 부산에 개입할 명분으론 약했다.

전성기의 조성광도 부산 진출에는 실패했는데, 쪼개질 대로 쪼개져 있는 현 조광이 비합법적 루트로 부산을 개척하는 것이 쉬울 리 없다.

아무리 조광이 전국구라고는 해도 지방에는 지방의 룰이 있고, 부외자인 조광이 이번 일에 개입하려면 '고작' 칼부림 한 번 일어난 정도로는 불충분한 것이다.

심지어 그것도 파고들면 '조광의 집안싸움'인 일이라고 볼 수 있는 사안이니, 역으로 부산 일파가 트집을 잡고자 하면 얼마든지 트집 잡을 수도 있는 일이기도 했다.

오히려 최봉식이 고깃집에서 했던 말을 떠올려 보면.

「혹시나 금마들이 부산에 와가 설치는 게, 스울서 시키가 그라는 거 아잉가 하는 생각도 했심더.」

부산 일파는 광남파가 조광이 지방을 장악하고자 손을 쓴 결과물이라 경계할 지경인 모양이었고.

구봉팔로서는 다행스럽게도 최봉식이 '그 일은 구봉팔과 반대 파벌에서 멋대로 벌인 일'이란 걸 받아 준 눈치라 그 오해를 풀 수 있었지만.

'그리고 이번 제안은 그들이 광남파를 칠 동안 조광에선 묵인해 달란 의미기도 하지.'

동시에 그 일로 어느 정도 그들에게 부채를 질 것은 감안해야겠지만.

구봉팔이 담배를 재떨이에 비벼 껐다.

"그렇게 됐으니 박 사장도 여기선 나를 박진호로 취급해 주시오."

그런 정치적 문제가 있으니 '박진호'의 정체가 무엇인지 최봉식이나 박철민이 알아챘음에도 불구하고—눈 가리기 아웅이긴 하나—이 일에는 구봉팔이 아닌 '박진호'가 나서야 했다.

"물론입니다. 저, 그런데……."

박철민이 담배 한 모금을 마저 빨고 꽁초를 재떨이에 비벼 끄며 진지하게 물었다.

"그것과 별개로 아까 '김민수' 씨가 말한 내용은 보장되는 겁니까?"

"그 점은 걱정 마시오."

구봉팔이 확신을 담아 말했다.

"지금 진행 중인 일과 별개로 삼광그룹 측과 사업적 논의는 진지하게 진행 중이니까. 김민수가 한 말에는 한 치의 거짓도 없소."

뭐, 고백하자면 그는 '김민수'도 아니고, 구봉팔의 부하도 아니지만.

"그렇습니까?"

박철민은 다행이란 듯 안도의 한숨을 내쉬었다.

조폭보다 사업가에 가까운 그 입장에서는 솔직히 광남파가 어찌 되건 강이찬의 입에서 나온 돈벌이만 무산되지만 않으면 충분했다.

"물론 그 일을 진행하기 전에 본사 측에서 벌어지고 있는 다툼을 해결해 두는 편이 장래에도 더 수월해 질 것은 분명하지만."

구봉팔이 음산한 어조를 담아 말하자 박철민은 다시금 긴장하며 고개를 끄덕였다.

"아, 예. 그렇죠."

"아무튼 이래저래 잘 부탁드리겠습니다."

"예, 옙!"

이래서 사업가들이란.

구봉팔은 강이찬이 기다리고 있는 차로 향해 조수석에 올랐다.

"일단 호텔로 갈까."

강이찬이 고개를 끄덕였다.

"그러죠."

술을 한 잔 마시긴 했지만, 이 정도라면 설령 경찰에 걸려도 훈방 조치로 끝날 여지도 있었고, 체질적으로 술에 강한 강이찬은 고작 소주 한 잔 정도로는 끄떡도 없어 보였다.

호텔로 향하며 구봉팔이 입을 뗐다.

"생각보다 일찍 광남파와 만나게 될 것 같더군."

구봉팔의 말에 운전대를 쥔 강이찬의 손이 움찔했다.

"……잘됐군요."

"음."

그리고 두 사람은 각자 생각에 잠겨 호텔에 도착할 때까지
아무런 말도 하지 않았다.

⬤

"그러면 이유미 씨, 앞으로 잘 부탁드리겠습니다."

"예!"

나는 이유미와 형식적인 면접을 마친 뒤, 그녀를 돌려보냈
다.

타이밍 좋게도 그녀는—예전 직장 동료이자 작사가로 성
공한 홍상훈의 영향을 받은 건지—마침 재화기획을 퇴사하
고 자신이 하고 싶은 일을 찾으려 하고 있었다.

그녀가 하고 싶은 일이란 물론, 전예은이 보증한 대로 방
송 기획 쪽 업무였다.

그 과정에는 홍상훈을 통해 '추천할 만한 사람이 있는지'
은근슬쩍 물어보는 명분을 획하는 과정이 있긴 했지만, 이유
미는 이유미대로 자신에게 찾아온 기회와 행운에 취한 모습
이었다.

'운이 좋기로 치면 쓸데없는 퇴사 절차 따위로 시간 낭비를
안 해도 되어서 다행인 내 쪽도 마찬가지야.'

경력이 없는 그녀의 입장상 한동안 통통 프로덕션의 박일

춘 사장과 박승환 전무 아래서 일을 배우는 형태가 되긴 하겠지만, 그쪽은 내가 신경 쓸 바가 아니었다.

'그럼 다음은…….'

곽성훈 차례인가.

곽성훈에게는 김승연의 소속사인 태성 기획 쪽 일을 맡겨 두었는데, 그 일이 해결되었다는 연락을 받은 차였다.

'빨리도 해냈군.'

나는 전예은에게 곽성훈을 불러 달라는 말을 전한 뒤, 잠시 그를 기다렸다.

'이런 걸 보면 벌써부터 그 싹수가 있다고 해야 할지.'

김민혁이 내게 전하길, 곽성훈은 마치 스펀지가 물을 빨아들이듯 일을 흡수했고, 그 자신은 이제 '마음 놓고' 군대로 가도 되겠단 말을 했을 정도였다.

'하긴, 경우에 따라서는 조금 까다로울 수도 있는 김승연 이적 문제를 이렇게 빨리 해결했다면야.'

마침 근처에 있기라도 했는지, 얼마 지나지 않아 곽성훈이 사장실로 찾아왔다.

"불렀어?"

"네, 태성 쪽 일이 어떻게 되었는지 보고를 들었으면 해서요. 형한테 맡긴 입장에서 이런 말하기는 뭣하지만 이렇게 빨리 해내실 줄은 몰랐거든요."

곽성훈은 빙긋 웃으며 내가 안내한 자리에 앉았다.

"여러 모로 운이 따랐지. 김승연 씨가 다니는 미용실에서 협조해 줬거든."

"미용실에서요?"

"응. 거기 직원 한 명이 김승연 씨 매니저랑 꽤 친하더라고."

그 마성의 매력으로 사람을 홀린 건가.

나는 속으로 생각하며 고개를 끄덕였다.

"꽤 유용한 정보를 얻으셨나 봐요."

"그랬지."

곽성훈이 쓴웃음을 지었다.

"알아보니까 태성 쪽에서 에이전시 비용으로 장난을 치고 있었어."

그러며 곽성훈은 태성 쪽에서 부당 이득을 취한 방식에 대해 설명했다.

곽성훈이 전하길, 김승연은 태성과 계약 당시 에이전시 비용을 김승연 본인이 부담하는 방식으로 해 둔 뒤, 정작 에이전시를 거치지 않은 광고 계약을 통해 거기서 조금씩 비용을 빼돌리고 있었다.

그 외에도 태성에는 대표의 친척이 이름뿐인 직함을 달고서 부당 이득을 편취했다거나, 법인 카드를 사적으로 유용했다는 식의 이야기가 나왔다.

어지간해선 나도 선입견을 갖지 않으려 했지만, 태성은 이

시대 소속사들이 그러하듯 '남들 다 하듯' 양아치 짓을 하고 있었다.

'근 미래에도 이 비슷한 문제로 시끄러운 일이 있었을 정도인데, 감시가 미치지 않는 이 시대에야 오죽하겠어.'

곽성훈이 말을 이었다.

"그래서 대표님을 만나 그 소문으로 상담을 했더니, 위약금 없이 계약을 해지하는 조건으로 이야기가 나왔어."

"……그랬군요."

이거 참, 아무리 '수단은 가릴 필요 없다'고 넌지시 말해 두었지만, 이렇게까지 한 것엔 칭찬을 해 줘야 할지.

'뭐, 나라도 그런 쪽으로 진행했을 거 같기는 한데.'

전도유망한 젊은이가 벌써부터 그런 편법을 썼다는 것에 나는 내심 혀를 내둘렀다.

곽성훈이 그런 나를 보며 빙긋 웃었다.

"뭐, 그것도 성진이 네가 도깨비 신문 투자자라는 걸 그쪽이 알아준 덕분에 할 수 있는 일이었지만 말이야."

이 녀석이 지금은 내 편이라 다행이구나 싶었다.

"그러면 이제 김승연 씨가 SJ엔터테인먼트로 들어오게 되는 거니?"

"아, 네. 그렇게 되겠죠."

"너도 꽤 본격적이구나."

곽성훈이 웃으며 말을 이었다.

"이제 연기자들도 관리하려고?"

"네, 이제 본격적인 채비를 갖춰 보려 하고 있어요. 사실 이전까진 윤아름 관리도 중구난방이었고…… 김승연 씨가 오시고 나면 좀 더 형식적이나마 모양새가 갖춰지지 않을까 싶거든요."

곽성훈이 고개를 끄덕였다.

"그랬구나. 그러면 내가 도움을 줄 수 있을 거 같은데?"

"도움이라뇨?"

곽성훈이 대답했다.

"마침 건너건너 아는 소속사가 있는데, 연기자 중심의 소속사야. 성진이 너만 괜찮다면 차라리 이번 기회에 그곳을 인수해서 노하우를 받아 오면 어떨까 싶거든."

"……."

지나치게 좋은 이야기는 뒤에 구린 냄새를 감추고 있기 마련이다.

'이번 일을 잘 처리한 것이랑 별개로, 놈이 회사에 제 영향력을 확장해 가는 건 두고 볼 수 없지.'

나는 미소 띤 얼굴로 곽성훈의 말을 받았다.

"좋은 이야기네요. 그런데 실은 그쪽은 김승연 씨랑 사전에 협의해 둔 내용이 있어서……."

"그래?"

곽성훈은 대수롭지 않다는 듯 어깨를 으쓱였다.

"그러면 어쩔 수 없고."

"모처럼 제안해 주셨는데 죄송해요."

"하하, 결국 최종 의사결정권자는 성진이 너인걸. 너한테 월급 받는 처지에 미안하고 자시고가 어디 있겠어."

그렇게 말하는 곽성훈에게선 서운한 기색조차 읽을 수 없었지만, 곽성훈의 속내를 파악하는 건 내게도 어려운 일이다.

'전예은의 능력도 통하지 않는 모양이고.'

그때 마침 내 품속의 핸드폰이 울려 댔다.

"아, 형. 죄송하지만……."

"아니야. 용무는 이걸로 끝이니?"

"네."

"알았어. 그러면 나도 이만 가 볼게."

곽성훈을 사장실에서 보낸 뒤, 나는 한숨을 내쉰 다음 전화를 받았다.

"여보세요."

─예, 사장님. 강이찬입니다.

부산에 내려간 강이찬으로부터 보고가 왔다.

강이찬은 내게 부산으로 내려간 일에 대해 간략한 보고를 했다.

부산 쪽의 사업 진출은 문제없이 진행될 것 같다는 보고에는 마음이 놓였지만, 광남파와 관련한 문제는 나도 예상하지 못했다.

'어째, 벌써 그쪽이랑 접촉을 해 버렸군.'

나야 김철수를 통해 조광의 광금후 이사가 광남파와 밀약 중이란 걸 알고 있으나 강이찬 쪽에는 내가 김철수와 정보를 공유하는 사이라는 걸 밝히지 않고 있었던 터라, 이미 부산 조폭들이 광남파를 예의 주시 중이라는 내용이며 그와 관련해 부산 조폭 측과 손을 잡을지 모른다는 보고는 나로서도 어떻게 받아들여야 할지 감이 오질 않았다.

"알겠습니다. 당분간은 추이를 지켜보는 쪽으로 진행하죠."

아직 상황이 어떻게 돌아갈지 모르니, 일단 나는 강이찬으로 하여금 섣불리 손대는 일은 삼가도록 당부했다.

─예. 사장님.

불구대천의 원수가 손에 닿을 거리까지 온 강이찬이 지금 무슨 생각을 하는지는 모르지만, 그도 대답만큼은 잘했다.

'지금은 구봉팔이 억제기가 되어 주길 바라야지.'

생각난 김에 물었다.

"아, 강이찬 씨. 혹시 근처에 구봉팔 이사님 계십니까?"

─예. 바꿔 드립니까?

"아뇨, 그냥 잘 계시는지 안부나 여쭈려고요."

부산에 내려 보낼 때만 하더라도 물과 기름 같은 사이라고 생각했는데, 잘 지내고 있는 모양이면 됐다.

그때 수화기 너머 강이찬이 잠시 뜸을 들였다가 말을 이었다.

─사장님. 구봉팔 이사님이 잠시 전화를 바꿔 달라고 하셨습니다.

"그래요? 알겠습니다. 바꿔 주세요."

이윽고 구봉팔이 전화를 받았다.

─전화 바꿨습니다.

"예. 이사님. 별고 없으시죠?"

─하하. 예. 덕분에 잘 쉬고 있습니다. 다름이 아니라…… 크게 중요한 일은 아닙니다만 혹시 몰라 한 가지 전해 드리려고요.

"말씀하시죠."

─예. 장건후에게서 광수대 쪽이 제 신변을 조사 중이라는 이야기를 들었습니다.

광수대에서 구봉팔의 신변 조사를?

그것도 (그들이 같은 편이라 생각 중인)장건후를 통해 구봉팔에게 연락이 갔다는 건, 강하윤이나 여진환 측에서 은밀히 움직이고 있다는 의미이리라.

혹시 구봉팔이 습격을 당했단 소문을 들은 걸까.

"무슨 내용이었습니까?"

─별 내용은 아니었습니다. 그저, 요즘 제가 어떻게 지내는가 하는 정도로.

별 내용이 아니라니.

경찰 입장에선 만나기 께름칙한 장건후를 일부러 시간까

지 내 가며 만나 구봉팔의 신변을 물었다는 건 나름의 이유가 있기 마련이다.

"이사님이 습격당한 사건 때문이었습니까?"

ㅡ그건 아니었습니다. 오히려 이쪽이 흘린 습격 정보엔 그들도 적잖이 당황하는 눈치였다……고 장건후가 말하더군요.

구봉팔 습격 건은 우리 쪽에서 여기저기 의도적으로 정보를 흘리는 중이었다.

"그래도 뭔가 묻긴 했을 텐데요."

ㅡ앞서 말씀드렸듯 별 내용은 없었다고 합니다. 듣기로는 조광 내부 사정이나 지금 제가 추진하는 사업, 저와 조세화의 관계 등을 물은 정도로 경찰이 알고자 하면 얼마든지 알아낼 수 있는 내용이었습니다.

뭐, 구봉팔의 말마따나 그건 알고자 하면 알 수 있는 내용들이긴 했다.

'하지만 광수대 쪽은 구봉팔이 습격을 당했다는 걸 모른 채 접근했다고 했겠다, 어쩌면 혹시…….'

나는 생각을 정리한 뒤 구봉팔에게 말했다.

"어쩌면 새마음아동복지재단에 대해 눈치챈 걸지도 모르겠습니다."

ㅡ재단 일이라면…… 최서연 쪽 말씀입니까?

"예. 경찰 측은 저희가 최서연 측에 재단을 넘긴 건으로 뭔가 생각하는 중일지도 모르겠군요."

ㅡ……그렇습니까.

정진건 측과 곱창전골집에서 합석했던 날, 나는 정진건이 자신의 차로 나를 바래다줄 때 의도적으로 재단의 일을 그에게 흘렸던 바.

정진건은 내가 의도한 대로 최서연을 표적으로 삼아 수사를 진행해 주려는 걸지도 모른다.

'정진건이 움직이기 시작했나……. 잘됐군.'

나도 최서연이 재단을 인수하려고 한 꿍꿍이에 대해선 알지 못한 채였고, 경찰을 통해 그 뒷조사를 해 볼 심산이었다.

설령 그들이 최서연의 의도에 대해 유의미한 정보를 얻어 내지 못하더라도 나로선 노력과 수고를 감수할 필요가 없는 일이니, 아무래도 상관없는 일이기도 했고.

"그렇게 됐으니 장건후 씨 측에는 그들과 지속적으로 접촉할 수 있도록 해 주십시오."

-그러도록 하겠습니다.

그렇다고는 하나 내가 관련한 일로 경찰 측과 직접 접촉할 수는 없으니, 별로 미덥지는 못해도 지금으로선 장건후를 통할 수밖에.

구봉팔과 통화를 마친 나는 의자에 등을 기댔다.

유능한 인재 둘을 내려보낸 만큼 진행 상황은 내가 예상하던 이상으로, 이래저래 성과가 있는 보고였다.

'그 외에도 구봉팔이 습격을 당했단 내용은 경찰 측에 확실히 전달됐단 거지.'

나는 잠시 이번 일을 김철수에게 알릴까, 생각하다가 관두었다.

비단 그가 사람을 죽이고서도 아무렇지 않은 사이코패스여서가 아니라 곽철용을 비롯한 김철수는 이래저래 께름칙한 존재였고, 지금의 위태로운 동맹도 언제까지 지속될지 모를 요소였다.

'어쩌면 이미 강이찬이 휴가를 얻어 내 곁을 떠난 상태란 걸 알고 있을지도 모르지만……'

설령 그 일로 김철수가 내게 무어라 따진들, 나는 나대로 '몰랐던 일'이라며 잡아뗄 여지도 있으니, 지금은 잠시 내버려 두기로 하자.

'어쨌건 이 일은 장건후에게만 맡기긴 뭣하니, 내 쪽에서도 여진환이랑 접촉을 해 볼까.'

구상을 마쳤다면 그다음은 진행할 뿐이다.

나는 전화기를 들어 이미라에게 전화를 걸었다.

"안녕하세요, 고모님. 이성진입니다. ……예, 별고 없으셨죠. 아뇨, 아뇨. 네, 덕분에 저도 잘 지냅니다. ……하하, 네. 다름이 아니라 부탁 좀 드릴까 해서요."

'구봉팔이 괴한들에게 습격을 당했다?'

강하윤과 여진환의 보고를 들은 정진건은 내심 당혹스러웠다.

　'그건 이번 사건과 별개의 일인가, 아니면…….'

　그가 강하윤과 여진환에게 구봉팔의 신변을 조사하게 한 것은 최서연을 건들기 전에 주변부터 찔러 보잔 의도였으나, 부하들이 가져온 정보는 그도 예상하지 못한 방향의 것이었다.

　조광을 전담하던 Y서 인물이 이런저런 이유로 모두 빠져나가고 나니 그 소식을 득하는 것이 늦었다는 것도 정진건이 당황하는 것 중 하나였다.

　그나마 불행 중 다행인 건, 장건후라고 하는 인물이 여진환을 통해 정보를 던지고 있다는 것 정도로, 그가 아니었다면 구봉팔이 습격을 당했다는 정보를 얻는 것도 한참 뒤의 일이 되었을지도 몰랐다.

　"아무튼 알겠네. 그럼 그 습격 실행범은?"

　정진건의 말에 여진환이 송구스러워하며 고개를 저었다.

　"죄송합니다. 그쪽에 대해선 아직……."

　"범인의 행동이야 어쨌건 사적 제재는 불법이지. 여 형사와 강 형사는 신중하게 움직여 그 정보를 수집하게."

　"예."

　정진건은 잠시 여진환과 강하윤이 메모를 하는 걸 기다렸다가 말을 이었다.

"혹시 정진건 습격을 사주한 자가 누군지에 대해선 들어온 이야기가 없나?"

"아직 없습니다."

여진환이 대답했다.

"장건후의 말에 의하면 조광 내부의 파벌 다툼이 확장된 것이 아닌가 하고……."

"그건 장건후란 인물 개인의 추측이지?"

"……예."

정진건의 지적에 여진환이 멋쩍어 했다.

"그래도 그쪽에서 그런 추측을 했다면 나름 이유가 있을 것 같군."

말한 뒤 정진건은 잠시 생각에 잠겼다.

'일단 구봉팔의 습격을 사주한 범인을 찾는 일이 급선무겠어.'

그렇다고 정진건이 어느 한쪽의 편을 들고자 하는 것은 아니었다.

어디까지나 시일이 늦으면 구봉팔 측에서 범인에 대한 사적 제재에 들어갈지도 모를 일이라 생각할 뿐으로, 필요하다면 박강호와 상의해 추가 인력 파견도 고려해 볼 문제였다.

'그렇게 됐으니 일단 박강호 검사와 상담을 해야겠군.'

생각을 마친 정진건이 자리에서 일어섰다.

"아무튼 알겠네. 한동안은 탐문 수사를 계속하도록."

"예, 선배님!"

명령은 내려 두었지만, 정진건도 신참끼리 뭔가 대단한 걸 할 수 있으리라 기대하지는 않았다.

'마음 같아선 공식 보고를 올려 보고 싶지만.'

일이 커지면 커질수록 그에 따른 외압이며 언론 또한 고려해야 할 일이었다.

상부에서는 이 일이 더 이상 커지길 원치 않았고, 아마 내심으론 이대로 사건을 종결지었으면 하는 눈치이리라.

한강에서 발견된 변사체 사건부터 시작한 일련의 사건은 그만큼 골치 아픈 일이기도 했고, '진실'이 밝혀졌을 때 불거질 파장도 어마 무시할 것이라고, 사건 외적인 파장에 대해선 별로 고려하지 않는 정진건도 어렵지 않게 추측이 가능할 정도였다.

'쩝, 결국 결정적인 단서가 잡히기 전까지 한동안은 계속 이런 식인가.'

정진건이 발걸음을 옮기려고 할 때, 여진환의 핸드폰이 울렸다.

"아, 죄송합니다."

여진환이 허둥지둥 전화를 끄려 하는 걸 정진건이 만류했다.

"괜찮네. 어쩌면 중요한 내용일지도 모르고. 받아 보게."

"예……."

여진환은 머쓱해하며 몸을 돌린 뒤 전화를 받았다.

그사이 강하윤이 진지한 얼굴로 입을 뗐다.

"저, 선배님."

"뭔가?"

강하윤은 조심스럽게 물었다.

"이번 일은 성진이도 알고 있어야 하지 않겠습니까?"

"이성진이?"

"예. 혹시 만에 하나 구봉팔 습격을 사주한 자가 성진이를 노릴지도 모른다고 생각해서 말입니다. 마침 강이찬 씨도 휴가 중이고…….."

강하윤이 염려하는 바도 이해는 갔다.

아직 확신할 수는 없지만 이번 구봉팔 습격은 조광 내부의 파벌 다툼일 가능성이 컸고, 구봉팔은 따지자면 조세화 쪽 파벌인 인물이다.

조세화 주변에는 경호원이 득시글하니 크게 걱정하지 않지만 그 과정에 자칫 조세화와 사업을 구상 중인 '선량한 일반인'일 뿐인 이성진에게 불똥이 튈지도 모르는 일이기도 했다.

하물며 강이찬이—그가 특수부대 출신으로 운전수와 경호원을 겸하고 있으리란 것쯤은 정진건도 눈치채고 있던 바였다—휴가 중이라는 건 저번 회식 때 들었으니, 그와 관련해선 강하윤이 지적한 대로 이쪽도 신중하게 대처할 필요는 있었다.

"그도 그렇군. 하지만 괜한 이야기로 그 녀석을 불안에 빠트리긴 그렇고……. 일단 범인이 삼광 그룹의 직계를 건드리지 않을 만큼 제정신이길 빌 수밖에."

"……."

정진건은 결국 두 손을 들었다.

"알겠네, 그쪽도 한번 알아보지."

"감사합니다!"

"음, 그래도 혹시 모르니까."

정진건은 생각난 김에 덧붙였다.

"강 형사, 조세화랑 조금 아는 사이지 않나?"

"아…… 예. 그런 편입니다."

강하윤은 정진건이 조세화를 언급하자 그 앞에서 어떻게 대응해야 할지 몰라 당황했지만.

"걱정 마."

정진건이 피식 웃었다.

"자네가 그동안 나 모르게 뭐 하고 돌아다녔는지는 이미 양 박사에게 대충 들었으니까."

양상춘과 다시 연락을 주고받는 중이란 정진건의 말에 강하윤은 솔직하게 기뻐해야 할지, 아니면 독단으로 일을 진행한 것의 문책을 기다려야 할지 갈피를 잡기 힘들었다.

"저…… 죄송합니다."

"아닐세. 그동안은 오히려 자네가 애를 써 줬어. 내가 고마워해야 할 일이지."

"예……."

강하윤이 쑥스러워하며 웃었다.

"물론, 그 일에 '진범'이 존재한다 하더라도 우리가 경찰이라는 건 잊지 말게."

"예!"

"아무튼."

정진건이 어조를 고쳐 말을 이었다.

"가능하면 강 형사가 조세화와 만나서 이번 이야기를 넌지시 흘려 볼 수 있겠나? 지금은 우리 쪽에서 대놓고 이성진을 경호하는 것보단 약간 편법을 쓰는 게 더 나을 듯하니."

어차피 인력 지원을 기대할 수는 없으니, 지금 상황에선 융통성 있게 조세화 쪽 인력을 이성진 경호에 붙여 주잔 의미였다.

"예, 그러겠습니다."

"좋아. 그럼 한동안 또 바빠지겠군. 수고하게."

"예!"

지시를 마친 정진건이 발걸음을 떼려고 할 때, 마침 통화를 끝낸 여진환이 끼어들었다.

"저, 선배님."

"음?"

여진환이 핸드폰을 가리키며 말을 이었다.

"성진이가 오늘 시간 좀 내줄 수 있냐고 하는데요……."

"이성진이?"

"예. 그, 개인적인 일로…… 아, 일단은 스케줄을 확인해 보고 연락하겠다는 식으로 대답해 두었습니다."

개인적인 일이라 함은, 예의 '커피'와 관련한 것일 터다.

여진환은 바쁜 와중 이성진이 시간을 내준 것에 딜레마에 빠져 몸이 바짝 달아올라 있었지만…….

'흠, 차라리 잘됐나?'

3장

강하윤이 조세화를 만난 건 평소(?) 보던 호텔 카페가 아닌, 어느 화랑이었다.

화랑이라고는 했지만 입구에서는 대체 무슨 건물인지 알수도 없는 그런 곳으로, 강하윤 본인은 '나 같은 일반인은 발길도 하지 않을' 것이며 자신은 평생 가도 연이 닿을 것 같지 않은 장소라 생각했다가 속으로 쓴웃음을 지었다.

'맞아, 얘 재벌이었지.'

강하윤은 새삼스러운 생각을 떠올리면서 한편으론 그에비하면 이성진은 꽤나 소박(?)하지 않았던가, 생각했다.

"언니, 여기예요."

VIP 중의 VIP인 조세화의 말에 강하윤을 내심 얕보고 있던 종업원은 그녀가 여느 뜨내기가 아니었구나 하는 생각을 하며 꾸벅 고개를 숙였다.

"마실 것 좀 가져다드릴까요?"

조세화가 물었다.

"언니, 뭐 마실래요?"

"응?"

왠지 엄숙한 분위기에서 그림만 감상해야 할 것 같은 장소인데, 뭔가 마셔도 되는 거였나.

강하윤은 그런 촌스러운 생각을 하고만 티를 내지 않기 위해서라도, 그리고 여기선 뭘 먹고 마실 기분이 들지 않는다는 것에 더해 조세화의 제안을 사양했다.

"아, 나는 괜찮아."

조세화가 종업원을 보았다.

"음료는 됐어요. 그리고 천천히 둘러보고 싶으니까 방해하지 말아 줬으면 해요."

"네, 손님."

"아, 괜찮으면 음악 볼륨 좀 높여 주시겠어요?"

"네."

종업원이 꾸벅 고개를 숙인 뒤 물러났고, 조세화는 그런 종업원을 보며 코웃음을 친 뒤 미소 띤 얼굴로 강하윤을 보았다.

"언니가 저를 보고 싶다고 하셔서 조금 놀랐어요."

"미안, 갑작스러웠지?"

"나쁜 뜻은 아니에요. 그냥 왠지 오랜만이란 생각이 들어서."

강하윤이 조세화와 마지막으로 만난 건 조설훈의 죽음 배후에 최갑철 의원이 개입해 있을지도 모른다는 이야기가 오갔을 때, 양상춘의 '(강 형사는) 이쯤해서 손을 떼면 좋겠다.'는 이야기를 들은 때가 마지막이었다.

'결국 손 떼기는커녕 다시금 깊숙이 들어오게 된 것 같지만.'

강하윤은 그런 것까지 더해, 조세화가 은근히 자신을 밀어내는 느낌을 떨치려 일부러 입을 뗐다.

"이런 곳이 있다는 건 처음 알았어."

"그냥 그림 파는 곳인데요, 뭘."

"그래도."

강하윤이 쓴웃음을 지으며, 그들 앞에 있는 종이 위에 물감을 흩뿌렸을 뿐인 것 같은 그림을 힐끗 쳐다보았다.

"나 같은 공무원이 사긴 어려울 것 같아. 솔직히 뭐가 좋은 그림인지도 잘 모르겠고."

조세화가 심드렁해하는 얼굴로 어깨를 으쓱였다.

"다들 그럴걸요? 뭐, 단순히 제 미학 공부가 부족해서 그런 걸지도 모르지만요. 어차피 진짜배기는 이런 곳에 있지도 않고."

"그렇구나."

강하윤은 그럼에도 이런 화방에서 만나자고 한 건, 용건만 빨리 전하고 가란 의미인가 하고 생각했다.

사실 그건 강하윤의 오해로, 조세화가 강하윤을 화방에서 보자고 한 건 '그림 좀 사 줘' 하는 지인의 부탁을 들어줄 겸, 평소 전세(?)를 내곤 하던 호텔 카페는 왠지 안기부(김철수)의 입김이 닿아 있는 것 같단 불쾌감 때문에 이 장소를 택한 것에 불과했다.

그런 오해 속에서 강하윤은 빨리 용건이나 전하자고 마음먹었다.

때마침 음악 볼륨이 올라가 둘의 대화가 새어 나가지 않게 막아 주기도 했고.

"세화는 요즘 어떻게 지내니?"

"밀린 방학 숙제로 조금 바쁜 거 빼면 그냥저냥이에요."

"……미안, 언니가 바쁜 사람을 불러냈네."

그제야 조세화는 강하윤이 이 장소, 이 만남에 대해 뭔가 오해를 하고 있다는 걸 눈치챘지만 그렇다고 오해를 정정해 주고픈 생각은 들지 않았다.

어쨌건 그녀도 조광을 대표하는 입장에 경찰인 강하윤을 만나는 건 께름칙하기도 했고, 그녀가 자신을 불러낸 것도 어차피 별로 좋은 일은 아닐 거라고 생각했다.

그런 한편, 조세화에겐 때마침 그녀의 부친을 살해한 것이 최갑철 쪽이 아닌 다른 인물일지도 모른단 단서가 들어온 참이었으니, 만일 강하윤이 '광금후' 쪽에 접근하려는 것이라면 마냥 강하윤을 밀어내기도 뭣하단 생각에 억지로 시간을 만들었던 것이다.

이 일에 경찰의 손을 빌려 범인을 단죄할 생각은 없지만, 경찰의 움직임 정도는 파악해 두어도 나쁠 것 없을 테니까.

"아니에요."

조세화는 표면상으론 강하윤의 말을 부정했다.

"다르게 말하면 그것 말고는 하는 일도 없단 뜻인걸요."

말한 것과 달리 사실 조세화는 바쁘다.

그녀가 지금 화방에 들른 까닭도 지금 삼광 그룹과 사업을 할 예정이란 그녀를 둘러싼 소문을 더 멀리 퍼뜨리기 위한 작업 중 하나였고, 뒤에선 부하들을 풀어 광금후에 대한 정보를 수집하고 이를 취합하느라 여념이 없었다.

강하윤은—구체적인 내용은 모르지만—조세화가 자신에게 거짓말을 하고 있다는 걸 눈치챘지만 일부러 모른 척 그녀의 말을 받았다.

"잘 지내는 거 같아서 다행이야."

"그럼요. 언니는요?"

"나는……."

강하윤은 이쯤해서 본론을 꺼내기로 하며 의식적으로 목소리를 낮춰 말했다.

"실은 세화가 알고 조심했으면 하는 일이 있어서."

"무슨 일인가요?"

"요즘 구봉팔 씨, 어떻게 지내는지 아니?"

물론이다.

미수에 그치긴 했으나 구봉팔은 얼마 전 습격을 당했고, 조세화 또한 그 일로 여기저기 사람을 풀어 둔 상태였으니까.

하지만 조세화는 모른 척 고개를 갸웃했다.

"구봉팔 이사님요? 아뇨, 잘 모르겠는데요."

"그래. 그러면 놀라지 말고 들어."

강하윤은 숨을 한 차례 고른 뒤, 구봉팔이 괴한들에게 습격을 당했다는 이야기를 조심스럽게 전했다.

"정말이에요?"

조세화는 화들짝 놀란 척을 했다.

"응."

강하윤은 의식적으로 주위를 둘러보았다.

"그러니까 세화도 조심하란 말을 전하러 왔어."

"……그랬군요."

조세화는 힐끗 강하윤을 살폈다.

'정말 그것뿐?'

강하윤은 순수한 의미에서 '경고'를 하러 온 것뿐일까? 아니면…….

"용건은 그것뿐이야."

강하윤은 그것과 관련해 조세화가 아는 바가 없는지 캐묻는 일도 없었고, 걱정을 담아 주의를 주러 온 것뿐으로 보였다.

그런 강하윤의 꿍꿍이를 의심했던 조세화는 내심 속이 뜨끔한 걸 느끼며 고개를 끄덕였다.

"알았어요. 조심할게요."

"그래."

조세화는 강하윤을 보며 고작 그런 거라면 전화로 해도 될 걸, 하는 생각을 했지만 한편으론 말만으로는 전해지지 않는 것도 있다고 생각했다.

강하윤이 일부러 시간을 내 가며 자신을 찾아와 주었다는 건, 그녀가 그만큼 이 일을 진지하게 생각하고 있다는 방증이기도 했으니까.

"그래도 제 신변 문제라면 크게 걱정하실 건 없어요. 언니도 아시겠지만 제 주변에는 아저씨들이 귀찮을 정도로 달라붙어 다니거든요."

어딘지 자조적인 조세화의 말을 들으며 강하윤은 쓰게 웃었다.

"그러니?"

"네."

하지만 강하윤의 용건이 그것뿐이라 할지라도 조세화는 내친 김에 경찰의 움직임도 알아보고 싶었다.

"언니는 어떻게 생각하세요?"

"뭘?"

"구봉팔 아저씨를 습격한 사람들이 누군지, 짐작 가는 것 있으세요?"

조세화의 진지한 물음에 강하윤은 진지한 얼굴로 고민에 잠겼다가 대답했다.

"아직 단서도 부족하고 추측할 근거도 없긴 하지만…… 지금으로선 범인의 목표가 조광 내부 사정에 정통한 사람이라고 생각해."

"……."

"아, 어디까지나 내 추측일 뿐이야. 어쩌면 구봉팔 씨 습격 건은 조광과 별개의 일일지도 몰라. 하지만 범인은 구봉팔 씨를 습격하는 것으로 세화의 행동반경을 제한하려 하는 걸지도 모른단 생각을 했어."

예리하네.

이게 형사의 감이라는 걸까.

조세화 역시 광금후가 구봉팔에게 딱히 개인적 원한이 있다는 이야기는 듣지 못했으니, 광금후가 구봉팔을 노린 건 어디까지나 조세화 파벌을 줄여 가는 것이 목적일 것이다.

강하윤이 말을 이었다.

"그렇다고 세화 너를 표적으로 삼지는 않겠지만 혹시나 모르니 조심해서 나쁠 건 없다고 생각해."

"……그러면 언니 생각에는 범인은 제 주변 인물들에게 위해를 가하려고 한단 건가요?"

"지금은."

강하윤은 한숨을 내쉬었다.

"그래서 솔직히 성진이 쪽은 어떻게 해야 할지 걱정이야. 성진이, 너랑 동업하기로 했다면서?"

강하윤도 알고 있을 정도라니, 이거 전 국민이 알게 될 날도 머지않았네.

그런 것보다.

'걱정도 팔자네요.'

표정과 달리 조세화의 내심은 덤덤했다.

그야, 이성진에겐 강이찬이 철썩같이 붙어 있고, 조세화 자신의 감대로라면 강이찬은 매우 뛰어난 실력자다.

'게다가 안기부 요원이잖아? 그 오빠.'

그런 강이찬의 호위를 뚫고 위해를 가하려 한다면 머리 위에서 폭탄이라도 터지지 않으면 힘들 거라고 생각했다.

"성진이는 괜찮을 거예요. 걔는 엄밀히 따지자면 삼광 그룹 장손인 신분이고, 뭣하면 이찬 오빠도 옆에 있잖아요?"

조세화의 말에 강하윤이 쓴웃음을 지었다.

"사실 이찬 씨는 지금 휴가 중이거든."

"······네?"

강이찬이 휴가 중이라고?

그 말에는 조세화도 진심으로 놀라 그 표정을 감추지 못했다.

"응. 실은 그저께 회식 자리에서 성진이를 우연히 만났는데 이찬 씨가 없기에 물어보니까⋯⋯."

"⋯⋯."

그게 정말로 우연일까 하는 건 둘째치고.

조세화는 '강이찬이 부재 중'이라는 사실을 어떻게 받아들여야 할지 몰라 난감했다.

'우연? 아니면 휴가를 가장한 임무?'

조세화는 머릿속으로 그 인상조차 희미한 김철수를 떠올리며 강하윤 모르게 주먹을 꾹 쥐었다.

여진환은 지금 로스팅 기기가 있는 세 지점 중 한 곳인 로스트 빈 여의도 지점에서 무척 행복한 시간을 보내고 있었다.

내 생각이지만, 아마 여진환은 먼 훗날 임종을 맞이할 때도 '아, 신화호텔 바리스타와 만났던 그날은 무척이나 빛났더랬지' 하고 중얼거릴 거다.

"⋯⋯그럼 원두별로 로스팅을 달리한 것을 블렌딩 한단 겁니까?"

"하하, 저도 자주는 안 합니다만 기회가 되면 이것저것 시험해 보는 편이죠. 저희 사이에선 아직도 로스팅을 어느 정도로 가져가느냐는 문제로 토론이 벌어지곤 하거든요."

"그런 자리도 있습니까?"

"예. 아, 다음에 진환 씨도 초대하겠습니다."

"영광입니다!"

잘들 논다.

나는 이성진의 당고모이자 신화호텔 사장인 이미라에게 로스트 빈의 자문 바리스타를 소개해 달란 부탁을 했고, 다행히 스케줄이 맞아 부탁한 당일 시간을 낼 수 있었다.

'스케줄이 우연히 맞아떨어진 건지, 이미라가 있던 스케줄을 비워 버린 건지는 나도 모르겠지만 말이야.'

그래서일까, 처음엔 재벌집 도련님의 도락쯤으로 여기며 틱틱거리던 바리스타는 이내 여진환의 열성과 재능을 알아보곤 짝짜꿍이 맞아 커피 삼매경에 빠져 그 자리에서 이런저런 배합을 해 가며 커피를 즐기는 중이었다.

'나 원, 커피가 그렇게 좋으면 경찰을 관두고 바리스타가 되든가.'

뭐, 여진환의 자질에 대해선 우리 회사 전속 바리스타도 감탄한 것 같으니, 여차하면 우리 회사에서 받아 주지 못할 것도 없겠군.

'지금으로선 바리스타 한 사람보다 경찰 내부 정보를 알려 주는 정보원이 더 필요할 뿐이지만.'

나는 그들이 하는 양을 지켜보며 홍차를 홀짝이다가 내 품에서 울려 대는 핸드폰을 무심결에 받았다.

"여보세요."

-성진아, 나야. 세화.

조세화가 어쩐 일로.

'보나마나 또 쓸데없는 일이겠지.'

요새는 덜하지만, 조세화는 한때 시도 때도 없이 쓸데없는 전화로 내 시간을 빼앗곤 했던 터였다.

나는 하루빨리 발신자 번호 표시 기능을 도입해야겠다고 생각하며 건성으로 대답했다.

"아, 응. 왜?"

-있잖아, 혹시 이찬 오빠 지금 휴가 중이야?

"……."

흠.

이거 참, 발 없는 말이 천 리를 가도 정도가 있지.

'그나저나 내게 그걸 물었다는 건.'

마냥 쓸데없는 일로 전화를 걸었다는 건 아니란 의미였다.

그렇다면 강이찬이 휴가 중이라는 이야기는 누구에게 들었을까.

'설마, 김철수?'

조세화는 강이찬이 안기부 요원이라는 것을 알고 있는 한편, 내가 그 사실과 김철수의 정체도 모른다고 생각하고 있었다.

잠시 기다렸더니 조세화가 실토 아닌 실토를 했다.

ㅡ방금 전까지 하윤 언니랑 만나고 있었거든.

강하윤에게 들은 건가.

나는 저 멀리 바리스타와 커피 삼매경에 빠져 있는 여진환을 힐끗 쳐다보았다.

'그래서 여진환 혼자 온 건가.'

이런 자리엔 여간하면 강하윤도 동석할 거라고 생각했던 나는 여진환 혼자서 온 것에 '강하윤이 바쁜가 보다' 하고 생각하고 말았는데, 강하윤은 따로 움직여 조세화를 만나고 있었던 모양이었다.

'경찰이 움직이고 있다는 건…… 뭔가 알아낸 모양이겠고.'

강하윤을 비롯한 경찰의 꿍꿍이에 대해선 길게 고민할 필요 없이 조세화에게 물으면 그만이다.

그 전에 일단, 나는 그런 걸 왜 묻느냐는 식으로 시치미를 뗐다.

"맞아. 그게 왜?"

ㅡ……아니. 그게…….

내게 강이찬의 정체가 무엇이란 걸 밝힐 생각이 없는 조세화는 주저하다가 말을 이었다.

ㅡ그 왜, 운전기사 없으면 불편하잖아? 그래서 필요하면 잠시 동안이라도 사람을 빌려줄까 해서…….

"……."

아마 지금이 통화가 아닌, 면전에 대고 이야기하는 중이라면 조세화가 내 표정을 읽고 아차 싶었을 말도 안 되는 변명이었다.

"음, 고맙긴 하지만 내 개인 기사가 아니라 회사를 통해야 해서 조금 힘들 거 같은데."

조세화도 이내 그런 자신을 자각했는지 떨떠름한 어조로 내 말을 받았다.

─미안, 나도 알아. 말도 안 되는 소리라는 거. 나는 그냥……

조세화는 말끝을 흐린 뒤 잠시 뜸을 들였다가, 곧 말을 이었다.

─혹시 지금 혼자야?

"음."

나는 다시 한번 저 멀리 커피 삼매경에 빠진 여진환을 보았다.

"형, 저 잠시 전화 좀 받고 올게요."

"아, 그래. 다녀와."

나는 조금 으슥한 곳으로 자리를 피했다.

"이제 괜찮아."

─그래……

수화기 너머 조세화는 후우, 한숨을 내쉰 뒤 말을 이었다.

─솔직하게 말할게. 요즘 우리 회사 쪽 사정이 심상치 않아.

회사 사정이 심상치 않다?

'내가 모르는 일은 아니겠지만.'

나는 일부러 잠시 뜸을 들였다가 물었다.

"무슨 일인데?"

—그게…… 놀라지 말고 들어.

조세화는 밝히고 싶지 않은 치부를 드러내듯 힘겹게 말을 이었다.

—구봉팔 아저씨가…… 공격을 당했어.

"……."

뭐, 이미 알고 있는 내용이었다.

조세화는 모르고 있지만, 구봉팔과 내 관계는 그녀가 생각하는 것 이상으로 끈끈(?)하다.

'심지어 나는 이미 강이찬을 붙여 원흉으로 의심되는 광금후의 지원 세력인 광남파를 알아보러 지방으로 내려 보냈을 정도지.'

조세화가 얼른 덧붙였다.

—아, 그래도 걱정할 건 없어. 다친 사람은 아무도 없는 데다가, 지금은 아저씨도 만일을 대비해 피신해 계시거든.

조세화로서는 말하기 힘든 걸 힘겹게 꺼냈을 것이다.

어쨌건 조세화는 나를 음지와 연이 없는 선량한 시민으로 아는 모양이었고, 자신의 출신이자 근간을 이루고 있는 뒷세계에서 벌어지는 일에 대해선 내게 언급하길 꺼리는 눈치였으니까.

"이런 말을 해도 좋을지 모르겠는데 불행 중 다행이네."

-응……. 그래도 혹시 모르니까 성진이 너도 조심해야 할 거 같아서. 전달이 늦어서 미안해.

"아니야. 신경 쓰지 마. 아, 하윤 누나는 그 일에 대해 알고 있어?"

-응. 나한테 찾아온 것도 그 일 때문이었거든. 구봉팔 아저씨가 다친 곳 없이 무사하단 건 모르지만.

"아저씨는 어디 계셔?"

-미안하지만 그건 나도 몰라. 정말로. 다만 지금은 몸을 숨기고 계시다는 것만 알아.

구봉팔에게 들은 대로 조세화는 그가 무사하다는 것 외에 지금 어디 있는가 하는 건 모르는 듯했다.

일단 나는 알고 있는 사실을 그녀에게 재확인하는 과정을 거쳤다.

"혹시 세화 너, 그 습격이 언제 일어났는지 알아?"

-응. 우리가 금일 그룹 행사장에 갔던 날 밤이었대. 그건 하윤 언니도 알고 있더라.

"흠."

-미안, 말하는 게 늦어서.

"괜찮대도."

이걸로 '내가 아는 사실'이 또 늘었다.

-저기, 있잖아. 괜찮으면 믿을 만한 사람 좀 붙여 줄까? 이제는 성진이 너도 우리 회사 일과 무관하지 않은 입장이고…… 그 왜, 지금은 이찬 오빠도 휴가 중이라면서.

뒤늦은 염려이긴 했지만, 조세화도 말하며 '만에 하나 벌어질지 모를' 내 신변 문제를 떠올린 모양이었다.

"괜찮아. 오히려 네 사람이 내 주변에 있으면 더 경계를 살 거 같으니까, 지금은 모른 척하기로 하자. 염려해 줘서 고마워."

-응…….

하지만 조세화도 간과하고 있는 점이라면, 내가 어중이떠중이 괴한의 습격을 당하도록 내버려 둘 사람이 내 주위에 한둘이 아니란 점이다.

'이런 철통 경호가 미래에도 이어진다면 좋으련만.'

다른 한편으로, 전생의 내가 이성진을 죽일 수 있었던 것도 어디까지나 내게 암살을 사주한 인물이 이성진 주위에 펼쳐진 철통같은 보안을 무력화했기에 가능했던 것이다.

'별장의 보안 장치나 별장 근처의 경호원을 철수시킨 것도 그 일환이겠지.'

어쨌건 조세화는 내게 구봉팔의 습격 사실을 알렸다.

'이걸로 내가 그러한 사실을 안다는 사실은 확정되었군.'

조세화가 말을 이었다.

-그래도 만에 하나라는 게 있으니까, 집이랑 회사 말고 다른 곳으로

가야 할 일이 있으면 조심해. 알았지? 아 참, 지금은 어디니?

"여의도야."

―……여의도? 방송 일 때문에?

"아니, 그건 아니고……. 누군가랑 약속해 둔 게 있었거든."

김철수에게 강이찬의 정체를 들은 조세화는 그 일로 내게 뭔가 더 묻고 싶을 테지만, 그녀는 더 캐묻지 않았다.

―넌 여전히 바쁜 모양이네. 알았어. 다음에 시간을 내서 따로 이야기하자. 이만 끊을게.

"그래."

조세화와 통화를 마치고 자리로 돌아오자 여진환이 싱글 벙글 웃는 얼굴로 기다리고 있었다.

"통화 마쳤어?"

"아……. 네."

나는 일부러 조금 심각한 얼굴을 했다.

그러자 여진환도 얼굴 가득 짓고 있던 미소를 거두며 제정신을 차렸다.

"……조금 심각한 통화였니?"

"네. 방금 세화랑…… 아, 제가 실은 조광 그룹의 조세화라는 애랑 좀 친하거든요."

여진환이 고개를 끄덕였다.

"들었어. 음, 일부러 알려고 한 건 아니고 이래저래 사건 자료를 취합하다가 알게 된 거야."

"괜찮아요."

"그래서…… 무슨 통화였는지 형이 들어도 될까?"

여진환은 사정을 얼추 짐작하고 있는 눈치였다.

'그야 강하윤과 쪼개져 움직이고 있으니, 동료 경찰의 행선 정도는 잘 알겠지.'

나는 고개를 끄덕였다.

"네, 세화 말로는…… 하윤 누나가 불미스러운 소식을 전했다고 해서요."

"그래……."

여진환이 내 어깨에 손을 올리며 착잡한 얼굴로 말을 이었다.

"걱정 마. 분명 괜찮으실 거야."

"저도 그러길 바라요."

여진환은 나와 구봉팔이 면식 정도만 있을 뿐이라 알고 있겠지만, 어쨌건 지인이라면 지인이랄 수 있는 인물이 상해를 당했다는 것에 내가 받을 충격을 염려하는 눈치였다.

'사람은 좋군.'

그렇다고 나를 애 취급 하는 걸 보면 내가 어떤 인간인지는 잘 모르는 모양이었다.

뭐, 그도 그럴 것이 여진환과 만난 건 저번 회식 때 우연히 조우한 것이 처음이었으니까.

'다만 그래서야 깊이 있는 정보를 주고받고 싶은 내 입장에선 별로 달갑지 않으니, 그에겐 조금 애닳지 않은 모습을 보여 주도록 할까.'

나는 어깨 위에 올라온 여진환의 손을 부드럽게 치우며 입을 뗐다.

"형은 어떻게 생각하세요?"

"응?"

"구봉팔 이사님의 습격을 사주한 사람 말이에요."

예상대로 여진환은 당황한 얼굴로 얼른 주위를 둘러보더니 목소리를 낮췄다.

"저, 성진아. 여기서 그런 이야기를 하기는 좀……."

"저는 이 일을 조광 내부 파벌 다툼의 연장선이라고 생각하고 있어요."

여진환이 눈을 껌뻑였다.

"뭐?"

"저도 알 만큼은 알아요."

나는 그에게 보란 듯 쓴웃음을 지어 보였다.

"조광 그룹은 지금 이렇다 할 구심점 없이 각 파벌로 나뉘어 있죠?"

"어? 으응, 그래."

나는 아직 어리둥절해하는 여진환을 향해 말을 이었다.

"제가 조사한 바에 의하면 지금 그 나눠진 각 파벌을 크게 둘로 구분해 조성광 회장님의 유산을 상속 받은 세화 쪽 파벌과 반대편을 들 수 있을 것 같더군요. 여기서 구봉팔 이사님은 세화 쪽 사람으로 분류되는 것 같고요."

여진환은 진지한 얼굴로 고개를 끄덕였다.

"꽤 잘 아는구나."

"저도 사업가니까요. 또한 세화랑 동업할 예정인 사업가이기도 하죠. 동업자에 대해 알아보는 건 기본이잖아요?"

내 말에 여진환이 피식 웃었다.

"그렇지."

그 피식 웃음은 곧 이 자리와 분위기에 어울리지 않는다는 걸 깨닫고 얼른 거둬들이긴 했지만, 방금 전까지 보여 주던 자상한 형 같은 눈빛은 이제 어느 정도 동등한 상대를 대하는 느낌으로 변모했다.

"실은 형이 여기 온 것도…… 물론 커피에 관심이 있어서도 있지만, 그 일로 너에게 피해가 갈지 모른단 차원에서 온 거였어."

여진환이 말을 이었다.

"아직 범인이 누군지는 찾는 중이지만, 만약 구봉팔 씨의 습격을 사주한 인물이 기업의 지배권을 이유로 한 거라면 이제 성진이 너하고도 무관한 일은 아니라고 생각했거든."

나는 잠시 뜸을 들였다가 고개를 저었다.

"저는 그렇게 생각하지 않아요."

"무슨 뜻이니?"

"물론 신중해서 나쁠 건 없지만…… 만일 조광 그룹의 지배권을 놓고 벌인 일이라면 그 범인이 세화나 저에게 위해를 끼칠 생각은 없을 거라고 생각하거든요."

나는 재차 말을 이었다.

"조광 그룹의 파벌 다툼은 이미 조성광 회장님이 살아 계실 때부터 그 징후가 있었어요."

여진환은 내 말을 들으며 몸을 앞으로 기울였다.

"그래?"

"당시에는 저도 휘말린 입장이었거든요."

나는 여진환에게 조성광 회장이 살아있을 적, 두 형제간에 불화가 있었다는 걸 언급했다.

'어차피 그 당시 병문안을 가장한 알력 다툼에 내가 끼어 있었다는 것쯤은 정진건도 알고 있어.'

물론 둘이 도청기를 숨기고 드러내는 과정은 생략했지만 (어차피 박길태가 빼돌린 도청 사본은 구봉팔을 통해 경찰들 손에 들어가 있다), 나는 '어렴풋하게 느낀' 두 형제의 불화와 협의 및 화해 과정에 대해 간추려 설명했다.

"그 과정에 중립 세력으로 내세운 것이 세화이자 구봉팔 아저씨였고, 두 분은 힘을 분산시켜 두었어요. 그렇게 조광 내부의 조설훈 아저씨 파벌이나 조지훈 아저씨 파벌은 잠잠

해진 것 같았죠."

"……음."

"하지만…… 형도 알다시피 결과는 비극적으로 끝나고 말 았죠. 회장님이 돌아가시고 나서 조설훈 아저씨와 조지훈 아 저씨마저 돌아가신 마당에 덜컥 가만히 있던 세화가 가장 큰 유산 상속자가 되고 말았거든요."

여진환은 그 일을 알고 있다는 듯 고개를 끄덕였다.

"알아. 그게 지금 상황이지?"

"네."

나는 탁자에 놓인 홍차를 한 모금 마신 뒤 말을 이었다.

"그 뒤로 조광 그룹은 조설훈 아저씨나 조지훈 아저씨 파 벌에 밀려 기를 펴지 못하던 세력들이 움직이려 하는 모양이 에요."

내 입장상 그 대표 격인 인물이 광금후라는 사실을 밝히지 는 못하겠지만, 이 정도만 전해 주더라도 충분할 것이다.

잠시 내 말을 곱씹으며 생각에 잠겼던 여진환이 내게 물었 다.

"그런데 성진이 너는 왜 범인이 너나 조세화에게 위해를 끼치지 않을 거라고 생각한 거지?"

핵심을 잘 짚어 오는군.

나는 어깨를 으쓱였다.

"어중간해지고 말았거든요."

"어중간해졌다니?"

"형도 아시겠지만…… 조광이라는 회사는 조금 특별하잖아요?"

"그래, 꽤나 특별하지."

곧장 알아듣는 걸 보니 여진환은 신참 형사이면서도 조광이란 조직의 특수성에 대해 이해하고 있는 듯했다.

"어떤 면에서 보자면 세화는 지금 공중에 붕 떠 버린 조설훈 아저씨 측 파벌의 구심점이 될 수도 있는 존재예요."

"……그도 그렇겠군. 조세화는 조설훈 씨의 따님이시니까."

"다만 그렇다고 조설훈 아저씨 쪽 파벌이 오롯이 세화의 편을 들어 주는 상황도 아닌 게 문제예요."

여진환이 턱을 긁적였다.

"흠…… 즉, 해당 파벌이 조세화를 지지하는 동기가 불순하다는 거지?"

"정확해요. 세화는 현재 조광 그룹에서 가장 많은 지분을 가진 대주주이지만 아직 중학생에 불과하니까요."

이를테면 그들은 각자 '조세화를 손에 넣는다면, 그런 계집아이쯤은 이쪽에서 쥐락펴락하는 것도 가능하다.'는 꿈을 꾸고 있는 것이다.

"그래서 그 사람은 조세화의 편을 들어야 한다는 걸 알면서도 누가 총대를 메느냐는 문제로 눈치 싸움 중인 것으로 보이거든요."

"잘 알겠어. 그러면 기존의 조지훈 씨 파벌은?"

"음, 조지훈 아저씨 쪽 파벌은 예전에도 그렇게 영향력이 있어 보이진 않았어요."

충성심은 높지만, 그 충성심을 바칠 대상인 조지훈이 '그런 식으로' 죽고 말았으니 그들은 현재 낙동강 오리알 신세나 진배없었다.

'그렇다고 조세화를 지지하자니 명분이 없는 게 문제야.'

조세화가 조성광 회장의 손녀가 아닌 딸이라는 사실이 공개된다면 다른 이야기로 흘러가겠지만, 조세광마저 살인 혐의로 구속된 상태로 교도소에 들어가기 직전인 지금은 굳이 그런 진실을 공표할 이유가 없다.

'그걸로 얻는 이득보다도 출생의 비밀에 충격 받을 조세화의 멘탈을 더 걱정해야 할 테니까.'

게다가 지금은 그게 밝혀져 '조세화에게 상속된 유산은 우연이 아니었다'는 식의 인식이 생겨나면 내 입장상 조금 곤란하다.

여진환이 고개를 주억거렸다.

"그럴 것 같아. 그리고 조광 내에는 조설훈 파벌이나 조지훈 파벌에 속하지 않은 부류도 있었겠지?"

"예. 소문에 의하면 조설훈 아저씨와 공공연히 대립하던 분도 계셨다고 하니……."

나는 소문만 흘릴 뿐, 진위 여부는 경찰이 움직여 조사하면 그만이다.

"그래서 지금은 서로가 서로를 자극하지 않으려고 하는 상황이고, 지금 태풍의 눈인 조세화를 건드려 봐야 본전도 찾지 못할 게 뻔하거든요. 그러니 만일 범인이 조광 그룹 내에서 영향력을 행사하려는 사람이라면, 분명 세화를 건드릴 수 없을 거예요."

여진환이 손가락을 튀겼다.

"그러면 범인이 구봉팔 씨를 습격한 건 그 균형을 깨뜨리고자 함이겠군. 조세화를 건드릴 수는 없으니, 조세화 파벌의 대표 격이랄 수 있는 구봉팔 씨를 공격한 거고."

척하면 착이군.

여진환은 분명 머리 회전이 꽤 빠른 인물일 뿐만 아니라 조광 그룹에 대해서도 자체적인 조사를 해 왔을 것이다.

"아마도 그럴 거라고 생각해요. 게다가 세화한테 들으니까 구봉팔 이사님이 습격을 받은 건 저와 세화가 금일 그룹 행사장에 갔던 날 밤이더군요."

"……그게 중요한가?"

"중요한 편이죠. 그렇다는 건 범인은 저와 세화가 동업을 할 예정이라는 사실을 모른 채 결행했을 가능성이 높아요. 그러니 오히려 그걸 알면서도 구봉팔 씨를 공격했다면 그건 회사 내부 인물이 아닌 구봉팔 씨 개인에 원한이 있거나 그 의도를 전혀 추측할 수 없는 제3자라는 가설을 낼 뻔했거든요."

계획과 결행에 따른 시간 스케줄을 고려한다면 그럴 것이란 이야기였는데, 여진환은 이번에도 내 말을 알아들은 눈치였다.

"그렇지 않더라도 그쪽 가능성을 완전히 배제할 수는 없겠지만 말이야."

여진환은 (이쪽이 의도한 대로)맹점을 잠깐 지적하긴 했지만, 그도 구봉팔을 습격한 것이 조광 그룹 내부 파벌 다툼의 연장선인양 생각하고 있는 모양이었다.

"그래도 성진이 네가 말하려는 바는 알 것 같군. 만약 너와 세화가 동업한다는 이야기가 오가는 중이었다면, 구봉팔 씨를 공격하는 대신 세력을 규합하거나 조세화 파벌에 합류하는 것이 상책이었을 거란 의미지?"

"바로 그거예요."

나는 그에게 빙긋 웃어 보인 뒤 아차 하며 어깨를 움츠렸다.

"물론 구봉팔 이사님을 습격한 범인의 행동은 비난받아 마땅하지만요."

"……음."

"그러니 큰 도움은 안 될 거 같지만…… 제 도움이 필요한 일이 있다면 언제든 연락해 주세요."

"고마워."

"아뇨, 뭘요. 당연하죠."

여진환은 고개를 끄덕이곤 커피를 한 모금 홀짝여 뜸을 들인 뒤 입을 뗐다.

"궁금한 게 있는데."

"말씀하세요."

"아까 전부터 줄곧 조세화랑 동업해서 사업을 한다고 했는데 말이야…… 그건 이번 일이 어떻게 흘러가느냐에 따라 네가 할 사업에도 영향이 갈까?"

그 물음에 나는 나도 모르게 잠시 멈칫했다.

'이것 봐라.'

여진환의 질문은 단순한 호기심 이상의 의미를 담고 있었다.

'즉, 너는 지금 조세화를 둘러싼 각 파벌의 동기가 불순하단 식으로 이야기하고 있지만 정작 이성진 너 역시 그런 부류 중 하나가 아니냔 거지?'

그건 그가 더 이상 나를 애 취급하지 않는다는 방증임과 동시에 이 모든 걸 뒤에서 관망 중인 내 속셈이 뭔지를 파고드는 것이었다.

'마냥 괴짜 카페인 중독자는 아니란 의미군.'

그가 커피에 대한 열정 못지않게 정의를 추구하려는 태도를 갖추고 있다는 것은 알 것 같다.

'어쩌면 양상춘이나 강하윤 못지않게 내 뒷조사를 하고 있

었던 걸지도 모르겠는걸.'

당초 생각했던 것과 달리 여진환을 내 입맛대로 조종하는 건 다소 어려운 일이 될지도 모른다.

'나름 인맥을 동원해서 바리스타까지 소개해 줬는데, 조금 서운하네.'

여기서 그 의도를 모르는 척 의뭉을 떨며 '여기서 자세한 걸 말씀드리면 기밀 유지 위반인데요.' 하고 둘러댈 수도 있 겠지만, 그래서야 차후 조력자가 될 수도 있는 인물의 신뢰 를 잃는 행동일 뿐이다.

'그러니 나도 내 의도를 완전히 순수한 의미로 포장할 생각 은 없어.'

마냥 좋기만 한 사람인 척하는 건 어렵지 않으나, 여진환 같은 부류의 인간을 상대로 섣부른 위선을 보여 봐야 불필요 한 의심을 더할 뿐이다.

'그렇다면 역설적이긴 하지만 그에게 내 속물적인 모습을 조금 보여 주는 것으로 신뢰를 살 수 있겠군.'

나는 여진환에게 빙긋 웃어 준 뒤 입을 뗐다.

"사적으로도 잘 풀리면 좋겠단 바람이 있지만 공적으로도 그렇단 의미예요."

여진환이 눈을 가늘게 떴다.

"즉, 그건 이번 일이 잘 마무리되면 네가 하려는 사업에도 긍정적인 영향을 끼치게 될 거란 의미로군."

그는 (의도한 대로) 내 적극성의 동기를 비즈니스적인 것에서 찾은 모양이어서, 나는 그에 동의해 주었다.

"그럼요. 이 일이 잘 해결되어 조광 그룹이 안정되면 그건 저에게도 이득이거든요."

나는 재차 말을 이었다.

"조광 그룹이 가진 가장 큰 자산은 전국 각지로 뻗어 있는 그 유통망이라고 할 수 있죠. 저는 세화를 통해 조광이 가진 노하우를 활용해 사업을 진행할 예정이고요."

"……."

"그러니 사분오열되어 불완전한 조광과 함께 일하는 건, 저에게도 바람직하지 않은 일이라고 할 수 있어요. 말씀드렸다시피 저는 사업가니까요. 회사를 경영하는 입장에서 사적인 기분만으로 움직일 수는 없어요."

나는 뒤이어 보란 듯 한숨을 내쉬었다.

"뭐, 조설훈 아저씨께서 살아 계셨다면 이런 일도 없었겠지만요."

"……그야 그렇겠지. 현재 조광의 분열은 다름 아닌 일련의 비극이 연달아 일어났기 때문이니까."

"그것도 있지만요……. 조설훈 아저씨께선 예전부터 제가 세화와 사업하려는 걸 지지하셨어요."

거짓말은 아니다.

조설훈은 생전부터 조세화의 명의로 사업을 계획하고 있

었으니까.

"아까도 말씀드렸지만 조설훈 아저씨랑 조지훈 아저씨께서 세화 명의로 사업 지원을 해 줄 당시 저도 그 자리에 있었거든요. 뭐, 제 입으로 말하기는 뭣하지만 저도 나름 한가락 하지 않나요?"

실제론 '한가락 정도'가 아니지만, 나름 겸손을 담았다.

그리고 여진환은 내가 던진 미끼를 덥석 물었다.

"그러면 이번 사업 건은 조설훈 씨가 살아 있을 때부터 기획하던 일이란 거니?"

최소한 나는 기획하고 있었다.

좀 더 정확히 말하자면 당시에는 조광을 쪼개 각 파벌로 나눠 조세화 쪽으로 야금야금 세력을 집어삼킬 계획이었지만.

"네. 마침 조광 그룹도 승계 이후 슬슬 확장을 염두에 두던 차였거든요."

자고로 오너가 바뀌면 예전과 다르단 걸 보여 주기 위해서라도 확장 정책을 꾀하는 법이다.

뭐, 전생의 조광은 확장이 아닌 구조조정이란 이름의 물갈이를 했지만 여진환이 그런 걸 알 리는 없다.

'또, 조설훈이 나를 통해 뭔가 하려 했다는 것쯤은 조금만 조사해 보면 나올 사실이고.'

나는 여진환이 대화의 흐름을 따라오고 있는지 확인하며

말을 이었다.

"그 과정에 삼광 그룹과 손을 잡는다면 조광 입장에서도 결코 나쁠 것 없는 이야기니까요."

나는 고개를 저었다.

"다만 결과적으론 그렇게 안 되었을 뿐만 아니라…… 경영권을 두고 집안싸움이 일어나는 형국이니 저로서도 곤란하게 됐지만요."

나는 힐끗 여진환의 동태를 살폈다.

여진환은 대화에 끼어드는 일 없이 생각에 잠긴 채였다.

이윽고 여진환이 고개를 끄덕였다.

"네 입장은 잘 알겠어. 어쨌거나 너나 조세화에게나 이번 일이 무탈하게 마무리될수록 좋은 거란 의미겠지. 사업적으로나, 그 외적으로나."

"그렇습니다."

여진환이 미소를 지었다.

"저번에는 잘 몰랐는데, 너 꽤 재밌는 애네."

"칭찬인가요?"

"반쯤은."

반쯤 칭찬이란 말은 그 절반에 주목할 필요가 있는, 마냥 가볍게 흘려듣기에 꽤 가시가 돋친 발언이었다.

"좋아. 네 입장이 그렇다면 됐어. 나도 경찰로서 할 수 있는 일을 해야겠지."

여진환은 그 말 직후 손목시계를 힐끗 쳐다보더니 자리에서 일어섰다.

"그럼 오늘 자리 만들어 줘서 고마웠다."

"아뇨, 저야말로. 형도 이번 일로 제가 걱정되어서 와 주신 거잖아요?"

여진환이 웃었다.

"하하, 말이나 못 하면……. 그래도 혹시 주위에 수상한 사람이 있다면 신고와 동시에 다른 어른들한테 도움을 청하도록 하고."

"네."

"그래. 또 보자."

그는 등을 보이며 손을 흔들었고, 나는 여진환이 사라지고 난 뒤에야 다시금 의자에 기대어 숨을 내쉬었다.

'흠, 이거 참.'

나는 다 식어 버린 홍차를 마저 마셨다.

여진환은 덮어 놓고 내게 호의적인 강하윤이나 딸의 친구로라도 대접해 주던 정진건과 그 유형이 달랐다.

그래도 그 화살이 나를 향하지만 않는다면 이자의 유능함은 내게도 꽤 도움이 될 것 같다고 생각했다.

'어차피 내 뒤를 캐 봐야 내가 조설훈을 살해하는 일에 관여하지 않았다는 정황과 알리바이만 나올 테니까.'

여의도에서 광수대로 돌아가는 버스에 올라탄 여진환은 운이 좋게도 자리에 앉아 갈 수 있었다.

　하지만 지금 여진환은 그런 소소한 행운을 감사히 여길 상황이 아니었다.

　'이성진이라.'

　지금 그 머릿속은 이성진에 대한 생각으로 가득 찼던 것이다.

　여진환은 자리에 앉아 창문에 이마를 기댔다.

　어느 모로 보나 이성진은 비범했다.

　하지만 여진환에겐 그 비범함이 왠지 모르게 어른이 어린아이의 몸을 하고 움직이는 듯한 불쾌한 느낌이 가득했다.

　처음엔 첫인상에서 느낀 것대로 마냥 애인 줄 알고 그를 대했으나, 이성진과 대화를 하다 보니 문득 석동출이 말한 것들이 머릿속에서 떠돌아 다녔다.

「그러면 진짜로 그 꼬마가 회사를 경영하고 있기라도 한다는 거냐?」

　당시 석동출의 지적에 여진환은 '그럴 리 없다'며 '실질적인 경영자는 이휘철일 것'이라고 답했지만.

'혹시, 어쩌면 그 녀석이 SJ컴퍼니의 실질적인 경영자였던 건가?'

그리고 이성진은 배성준이 죽기 전 석동출에게 조사를 부탁한 SJ컴퍼니의 사장이자, 도깨비 신문의 투자자였다.

그건 우연이 아니었다.

여진환 역시 얼마 전까지만 하더라도 이성진이 이 일의 핵심에 근접해 있을 뿐만 아니라 어쩌면 조설훈의 죽음에 연관된 인물일지 모른단 생각을 했던 차였다.

하지만 김보성과 나눴던—이성진이 조설훈을 살해해 얻을 이익이 없다는 내용의—이야기며 회식 자리에서 만난 그 예의바르고 싹싹한 모습에 여진환은 내심 '생각이 과했다'며 자책마저 했다.

그런데 오늘 본 이성진은 어떠했나.

'분명, 아무것도 모르는 꼬마는 아니었지.'

착각일지도 모르지만 여진환은 오늘 이성진을 만나며 왠지 모르게, 그 소년이 '어떤 결말'을 향해 사람을 조종하려 한다는 느낌을 받았다.

말 그대로, 이성진이 조설훈을 살해해 얻을 것은 없을지도 모른다.

언젠가 양상춘 박사란 인물을 만났을 때 그는 '이성진이 조설훈을 살해했다면 그건 조설훈에게 당하기 전에 먼저 자기 방위 차원에서 그랬을지도 모른다.'고 하는 가설을 내놓

앉지만, 오늘 이성진의 이야기를 들어 보니 그런 것 같지도 않았다.

그럼에도 여진환은 이성진이 어떤 식으로든 조광의 분열에 관여하고 있었을지 모른단 생각을 떨치기가 힘들었다.

'결국 조설훈을 죽인 범인이 누구란 걸 명확하게 아는 건 동출이 형뿐이군.'

석동출이 나서서 진실을 밝혀 준다면야 이 헝클어진 실마리는 단박에 해결될 텐데.

'……지금은 어디서 뭘 하는지도 알 수가 없으니.'

그와 나눈 마지막 대화가 절연 비슷한 것이었다는 게 내심 마음에 걸렸던 여진환은 머리를 창문에 기댄 채로 눈을 감았다.

여진환은 여의도에 있었던 자신이 조금 더 복귀가 빠를 거라고 생각했지만, 광수대에는 강하윤이 먼저 도착해 있었다.

"왔어?"

"예, 다녀왔습니다. 선배님."

강하윤이 웃으며 물었다.

"어땠니?"

"많은 걸 배웠습니다. 로스트 빈 고문 바리스타의 실력은 진짜더군요."

여진환의 대답에 강하윤이 조금 질색한 표정을 하자 여진
환이 픽 웃었다.

"농담입니다. 성진이 말이죠?"

"응."

"애 같지 않은 애더군요."

여진환의 말에 강하윤이 웃었다.

"맞아, 성진이가 좀 그런 구석이 있지. 그래도 걔, 귀엽지
않니?"

여진환은 결코 강하윤이 생각하는 것처럼 가벼운 의미로
한 말은 아니었지만, 일부러 그런 말을 꺼내고 싶지 않았던
여진환은 가볍게 '예.' 하고 고개를 끄덕인 뒤 입을 뗐다.

"그보다 녀석에게 조광의 현 상황과 관련한 꽤 흥미로운
이야기를 들었습니다만."

"무슨 이야긴데?"

여진환은 강하윤에게 이성진이 말한 조광 내 파벌 다툼에
대해 들려주었다.

"……그래서 성진이 생각엔 구봉팔을 습격한 것이 그쪽 파
벌 인물이 아닌가 추측하더군요."

"그럴듯해."

강하윤이 고개를 주억거렸다.

"다만 아직 추측뿐이고 속단하기는 이르니까 그 부분은 조

금 더 면밀히 검토해서 선배님께 보고하기로 하자."

"예."

자리에 앉으려는 강하윤을 여진환의 목소리가 붙들었다.

"저, 선배님."

"응?"

"이성진은 혹시 조설훈의 죽음에 제3자가 개입해 있을지도 모른단 걸 알고 있습니까?"

그 말에 강하윤은 얼굴에 웃음기를 싹 지우더니 여진환의 팔을 붙잡고 성큼성큼 사무실을 나섰다.

여진환은 당황한 채로 강하윤의 손에 이끌려 복도까지 끌려나온 뒤, 언젠가 몸을 숨겼던(?) 퀴퀴한 자료 보관실에 그를 밀어 넣고 문을 닫았다.

"여 형사."

"예?"

강하윤이 그제야 한숨을 내쉬었다.

"장소를 가려서 말해야지. 사무실에는 우리만 있는 게 아니잖아."

"……죄송합니다."

여진환은 왠지 강하윤이 지나치리만큼 신중하다고 생각했고, 강하윤은 그런 여진환을 보며 팔짱을 끼고 섰다.

"하긴, 얼마 전까지 우리는 그 문제로 여기저기 조사하고 다녔으니까……. 아무튼 그래서, 아까 질문 말인데, 성진이가 조설훈 씨의 죽음에 대해 경찰 보고와 다른 진실이 있는지를 알고 있는지 물었지?"

"예."

강하윤은 잠시 뜸을 들였다가 고개를 저었다.

"솔직히 말하면 나도 성진이가 그걸 알고 있는지 아닌지 잘 몰라."

"……."

"다만, 지금은 성진이가 그 일과 무관하며 어쩌면 본의 아니게 엮이고 말았을 뿐이라는 이야기가 나왔어."

여진환이 눈을 깜빡였다.

"무슨 이야기입니까?"

"……나도 말하기 조심스러운 이야기지만."

그러며 강하윤은 그녀가 마지막으로 양상춘이며 조세화와 만나서 나눈 이야기를 여진환에게 들려주었다.

여진환은 그 이야기를 들으며 강하윤이 그 문제를 진지하게 고민했다는 점과 그녀가 이 문제를 거론하면서 조심스러울 수밖에 없었던 까닭을 알았다.

그리고 양상춘이란 사람이 강하윤을 그 논의에서 밀어낸 연유까지도.

'최갑철.'

그와 자신의 아버지가 밀약 관계라는 걸 알고 있는 여진환에게는 불편한 이름이었다.

그리고 최갑철은 자신의 부친이기도 한 여종범과 함께 김보성에게 적당한 선에서 사건을 덮었으면 한다는 부당한 청탁을 하려 했을 뿐만 아니라, 그것이 받아들여지지 않자 김보성에게 '보복성 인사 조치'마저 취했다.

　그럴진대, 하물며 일개 경찰에게는 어떻게 하겠는가.

　오지 발령 따위는 우스운 일일지도 모른다.

　"늦게 말해서 미안해. 여 형사도 이번 일로 도움을 많이 주었는데."

　강하윤의 뒤늦은 사과에 여진환은 손사래를 쳤다.

　"아닙니다. 저도 들으니까…… 선배님께서 신중하실 수밖에 없단 것을 이해했습니다."

　"그래 주면 나도 고맙고."

　강하윤이 빙긋 웃었다가 미소를 거뒀다.

　"어쨌거나 핵심은 조설훈의 죽음으로 이득을 볼 사람이 있고, 그건 우리가 찾는 진범의 정체와 무관하지 않을 거란 거야. 어쩌면 최갑철 의원 쪽과 별개로 이번 구봉팔 습격을 사주한 쪽이 유령의 정체일지도 모르지."

　"……예."

　만약 석동출이 '유령'의 정체가 최갑철 측 인물이란 걸 알아내고 몸을 피한 것이라면 그가 무사하길 바랄 뿐.

　사심이기는 하나, 여진환은 유령의 정체가 이번 구봉팔 습격을 사주한 인물과 무관하길 바랐다.

그렇지 않으면 석동출이 위증을 해 가며 뒤로 발을 뺀 것이 '깡패 때문에' 그랬단 것으로 폄하되고 말 테니까.

하지만 범인의 정체가 최갑철 측 인물이건 깡패의 수하이건 간에 석동출이 현장의 일에 대해 위증을 했다는 정황 자체는 변하지 않는다.

'나도 꽤 위험한 일에 발을 들이고 만 기분이군.'

그래도, 괜찮다.

여진환 자신이 개인의 영달을 꾀하려 했다면 애당초 경찰이 되지도 않았을 테니까.

"그런데 선배님."

"응?"

"최갑철 의원 측이 연관되어 있을지 모른다는 건…… 정 형사님도 알고 계실까요?"

강하윤이 쓴웃음을 지으며 고개를 저었다.

"그건 나도 모르겠어."

그도 그럴 것이 얼마 전까지 정진건은 평소 보던 모습이 아니었고, 오늘에서야 '원래대로 돌아온 건가' 생각할 정도였으니까.

"언젠가는 보고를 드릴 테지만…… 그래도 일단 한동안은 비밀로 해 두자. 선배님이라면 왠지 물불 안 가리고 시작하실 거 같으니까."

"예."

대화를 마친 두 사람이 자료 보관실을 나서기 직전 덜컥, 문이 열렸다.

"임시 사무실은…….."

그 바람에 두 사람은 딱히 죄지은 것도 없으면서 죄지은 사람처럼 화들짝 놀라며 문을 연 상대를 보았다.

박강호 검사와 방승혁 계장이었다.

"……."

네 사람 사이에는 한동안 어색한 침묵이 감돌았고, 박강호가 간신히 헛기침을 하며 살며시 문을 닫았다.

"이거 실례…….."

"아, 잠깐만요. 그게 아니라!"

여진환은 뭐가 뭔지 잘 모르겠지만, 일단 박강호가 무언가 단단히 오해하고 있다는 건 알 것 같았다.

그렇게 허둥지둥하는 사이, 정진건이 불쑥 모습을 드러냈다.

"음, 복귀했었나?"

강하윤이 때늦은 인사를 했다.

"예, 좀 전에 도착했습니다."

여진환이 강하윤의 말을 거들고 나섰다.

"넵, 강 형사님과 잠시 상담을 하느라…….."

"그래."

정진건은 덤덤히 고개를 끄덕인 뒤 박강호를 보았다.

"다들 마침 모였으니, 시작하시죠."

"……예."

박강호는 잠시 고민하다가 '마침'이란 정진건의 말을 떠올리곤 고개를 끄덕였다.

"오늘부터 여러분은 이곳을 임시 사무실로 쓰시게 될 겁니다."

임시 사무실?

강하윤과 여진환이 의아해하자 정진건이 대신 설명했다.

"그래. 우리는 오늘부로 조설훈 사망 사건의 조사를 맡게 됐네."

"……."

조설훈 사망 사건 조사라니.

"조금 갑작스럽지만, 검사님과 상의해 본 결과 이게 최선인 것 같아서."

드디어 본격적으로 수사에 착수하게 되는 걸까.

박강호까지 있는 자리에서 그 말이 나오자 강하윤과 여진환의 표정이 진지해졌다.

'하지만 어째, 기존의 넓고 깨끗한 사무실이 아닌 이런 좁고 퀴퀴한 곳을 쓰게 된다니…….'

이래서야 남들이 보면 업무 외 인력으로 내부 좌천을 당한 것이라 오해해도 할 말이 없겠다고, 여진환은 속으로 생각했다.

박강호가 정진건의 말을 이어 받았다.

"방금 정 형사님께서 사건 수사를 맡게 되었다고 말씀하셨습니다만, 솔직히 말씀드리면 이 일은 비공식적인 업무가 될 겁니다."

그것도 비공식적인 업무.

그 말인 즉 이 일은 고과로 인정받기도 힘들 뿐만 아니라 '공식적인' 지원을 기대하기도 힘들 거란 이야기였다.

박강호가 말을 이었다.

"그래도 혹시 모르니 타 부서로 전출을 희망하거나 재배치를 고려 중이시라면 말씀해 주십시오. 저도 최선을 다해 도와드리겠습니다."

아무도 입을 열지 않았다.

박강호는 고개를 끄덕인 뒤 정진건을 보았다.

"말씀하신 대로군요."

"예."

굳이 입 밖으로 말하지 않아도 둘 사이에서 무슨 이야기가 오갔는지, 알 것 같다.

박강호는 빙긋 웃으며 방승혁을 보았다.

"그럼 계장님."

"예."

방승혁이 인사했다.

"박강호 검사님 명령으로 한동안 여러분을 도와드리게 되었습니다. 잘 부탁드립니다."

방승혁을 비공식적인 파견 형태로나마 지원한 건 박강호의 타협점이었다.

그 합류를 두고 천군만마를 얻었다고 할 정도는 아니지만, 방승혁은 정진건 및 박순길과 함께 조설훈을 추적해 온 데다 김보성 곁에서 이런저런 일을 도맡아 와서 이번 사건 일체를 깊이 알고 있었다.

방승혁의 인사가 끝나자 박강호가 그들에게 고개를 꾸벅 숙였다.

"제 사무실은 언제나 열려 있으니 나중에라도 하실 말씀이 있으면 방문해 주십시오. 그럼 이만 실례하겠습니다."

박강호가 물러나고, 이 장소에는 정진건, 강하윤, 여진환, 방승혁 네 사람만 남게 되었다.

정진건은 잠시 그들의 면면에 이어 임시 자료 보관실을 둘러본 뒤 입을 뗐다.

"일단 이 임시 자료 보관실부터 정리해야겠군. 움직이지."

"예!"

박철민으로부터 전화가 걸려 온 건 강이찬이 이성진에게 보고를 마치고 얼마 지나지 않아서였다.

박철민은 이미 몇 다리를 거쳐 전달하는 것이라 말하며 최봉식의 수하 중 한 사람이 '그쪽'과 접선을 했으면 한다고 전했는데, 그 중개 과정이 번잡했던 까닭인지 그 장소에 몇 명이나 나올지, 그리고 그 장소에서 만날 사람이 누구인지에 대해서도 박철민은 아는 바가 없었다.

　－이거 죄송하게 됐습니다.

　"아닙니다. 개의치 마십시오."

　오히려 경우에 따라선 잘됐다고도 볼 수 있는 내용이었다.

　박철민은 굳이 따지자면 사업가에 가까운 인물이지 깡패와는 거리가 멀었고, 깡패가 낄 자리와 사업가가 나설 자리는 구분해야 하는 것이 이 바닥의 불문율이었다.

　따라서 최봉식이 이런 '번잡한 방법'을 꾀한 건 그가 구봉팔이며 강이찬을 깡패로 인정하고 대우(?)해 주는 것이라는 판단도 가능했다.

　그렇게 해서 만난 서동호는 바닷가 어느 허름한 횟집에서 강이찬과 구봉팔을 앞에 두고 깡패의 방식대로 협상을 진행하게 된 것이다.

　"흐음, 사업이라."

　구봉팔의 이야기를 들은 서동호는 별다른 표정 변화 없이 쌈장 묻힌 당근을 으적으적 씹어 댔다.

　"내 머리가 나빠가 자세한 건 잘 모릅니더."

　서동호가 당근을 꿀꺽 삼켰다.

"대신 광남파란 아들 조지 뿌는 게 스울 양반이랑 우리랑 뜻을 함께한다, 이리 받아들이도 된다는 것만 알 뿐이지예."

"음."

구봉팔이 고개를 끄덕였다.

"다만 우리도 광남파란 조직에 대해선 잘 모른다. 그러니 그들이 뭐 하는 조직인지, 그리고 부산에서 어느 정도 영향력을 행사 중인지에 대해서는 자네의 이야기를 조금 들었으면 좋겠군."

"하모요. 우리 햄 당부도 있으니 제가 아는 건 말씀드리겠습니더."

서동호가 대답했다.

"일단 햄도 금마들이 창원서 올라온 아들이란 건 알지예?"

"그래."

"예에. 창원서 한창 재개발이다 뭐다 하고 시끌벅적한 적이 있었는데 그때 컸다 카데예."

서동호가 전달한 내용은 강이찬이 그에게 들려준 것과 얼추 맞아떨어졌다.

"밑바닥에서 올라온 놈들인가 보군."

"그라지예. 그래가 대가리에 피도 안 마른 아들이 많은 거 같심더. 그라이 금마들이 천지도 모르고 설치 대는 거 아이겠심꺼."

서동호는 인상을 찌푸려 가며 사견을 담은 뒤 말을 이었다.

"암튼 소문에 의하면 그때 스울에 있는 조광이랑 연이 닿았단 이야기가 있심다."

"그때부터?"

"마, 원래는 창원서 돈놀이 하던 놈들이라 카든데 어디서 그런 목돈이 나왔겠습니꺼. 햄도 아시겠지만서두…… 돈놀이를 할라믄 다아 씨앗이 있어야 하는 법이라예."

그 말을 들은 구봉팔이 표정을 굳혔다.

만약 광금후와 광남파의 유착이 오래 전부터 이루어지고 있던 일이라면, 이는 조광 내부에서도 꽤 커다란 스캔들로 번질 수 있는 사항이었다.

"확실한 건가?"

"영 근거가 없는 이야기는 아입니더."

서동호가 히죽 웃었다.

"창원서 한창 재개발 이야기가 나올 때, 금마들 뒤를 봐주던 아들이 있다카데예. 그라고 창원서 재개발 들어갈 때 조광이 한자리 차지하고 뭔가 했다 카는 거는 알 사람은 다 아는 이야기고……."

"……."

"그때는 부산 일도 아이고 창원서 벌어지는 일이라 우리도 가만히 있었는데, 이게 우예 이까지 번지삘 줄 알았으믄 마, 진작에 뭐라 캤지예."

서동호가 들려준 건 지금까지 조광 그룹이 취해 온 경영 방식의 패착이 여실히 드러나는 이야기였다.

조광은 본사의 지분을 심어 둔 무수한 자회사로 구성되어 있었고, 그 무수한 자회사를 일일이 관리하기란 여간 어려운 일이 아니다.

그러다 보니 조광에서도 자회사 측이 딴 주머니를 차더라도 이를 알 방도가 없었고, 서동호의 말을 들으니 광금후는 그때부터 자신만의 조직을 만들고자 차근차근 계획을 밟은 것이리라.

'광금후도 아무런 믿는 구석도 없이 조설훈에게 들이댄 건 아니었단 뜻이군.'

광금후의 계획은 조성광 회장이 노쇠해지면서부터 시작되었을 것이다.

아닌 말로 조성광 회장의 뒤를 이을 인물이란 건 그 핏줄들일 것이 분명했고, 두 아들 중 한 사람이 조광을 물려받고 난 다음 광금후를 비롯한 어중이떠중이들의 말로가 어떠할지는 어중이떠중이 당사자들이 가장 잘 알고 있었을 터.

서동호는 생각에 잠긴 구봉팔을 가만히 쳐다보다가 입을 뗐다.

"암튼 그래가, 햄한테 궁금한 게 하나 있심더."

"뭔가?"

그때 횟집 주인이 다가와 그들 앞에 갓 회 뜬 선어를 내려놓았다.

주인은 말없이 물러났고, 서동호는 손바닥을 내밀어 회를 구봉팔에게 권했다.

"일단 드입시다. 이기 주인이 세꼬시를 잘 뜬다 아입니꺼."

"음."

구봉팔은 서동호의 권유를 받아 회를 초장에 찍어 한 입 먹었다.

"세꼬시는 마 가시까지 먹는 거라예. 스울 사람 입맛에 좀 어떱니꺼."

솔직히 구봉팔 취향에는 가시를 빼지 않은 '세꼬시'라는 회 뜨는 방식은 별로 맞지 않았지만.

"싱싱한 거 같군."

표면적인 감상을 입에 담자 서동호는 마치 구봉팔의 입에 맞지 않을 거란 걸 짐작하고 있었던 것처럼 능청스레 실실 웃었다.

"하모요. 새벽에 잡아 온 놈이라 싱싱할 껍니더. 제 밑에 있는 아가 낚시를 쫌 해 갖고."

서동호가 회를 한 점 집어 초장을 듬뿍 묻혀 한 입 먹었다.

"암튼 계속하자면."

서동호는 접시에 손도 대지 않고 방금 전부터 줄곧 꿔다논 보릿자루처럼 앉아만 있는 강이찬을 아니꼽다는 듯 슥 쳐다본 뒤 말을 이었다.

"햄은 조광서 오신 분이지예?"

서동호의 지적에 구봉팔은 동요하지 않았다.

"최봉식 씨에게 들었나?"

"……흐흐."

서동호는 대답 대신 씩 웃었다.

"함 찍어 봤는데, 그런가 보네예."

그 모습을 보니 최봉식은 구봉팔이 실은 누구란 걸 이야기하지 않은 듯했다.

"어제 전화로 스울서 오신 분들이 광남파를 찾는단 이바구를 듣고 쪼매 생각했심더. 스울 양반들이 무신 일로 그 창원 촌놈들을 찾는 기가 하고예. 내 머리가 나쁘기는 하지만은 그래도 눈치 하난 꽤 빠릿해가 '혹시 조광이랑 관련이 있는거 아이가' 하고 퍼뜩 생각이 들데예."

"……."

"그래, 조광에서 부산까지 먼 길 오셔가 회나 한 사바리 하실라 카는 건 아닐 끼고. 햄이랑 내 사이니까 함 물어보입시다."

서동호는 이젠 아예 젓가락을 내려놓으며 진득한 웃음을 지었다.

"진호 햄은 이번 사태에 얼마나 책임을 질 수 있는 분이시오."

웃으며 한 말치곤 눈앞에 놓인 회처럼 가시가 박힌 말이었다.

서동호의 말처럼 책임을 계량할 수는 없겠지만, 구봉팔은
담담하게 서동호의 말을 받았다.

"어느 정도는."

"좋네예. 하모, 우리 햄이 소개한 분이시니 어련하겠습니
까마는."

서동호가 말을 이었다.

"근데예, 따지고 보믄 이게 다 조광서 관리를 못 한 불찰이
라고도 볼 수 있는 일 아니겠습니꺼?"

강이찬은 서동호의 말을 들으며 그들이 표면상으론 이들
이 '서울에서 온 일행'에게 대접을 해 주는 것처럼 보이지만
아침부터 낯선 곳에 불러낸 것이며, 지방색이 강한 요리를
내놓는 등, 듣던 것 이상으로 배타적이라고 생각했다.

'그리고 이곳은 여차하면 이방인 하나둘 정도 사라져도 이
상하게 생각하지 않을 곳이기도 하지.'

물론 강이찬은 서동호 일행이 도착했을 때부터 머릿속으
로 그들을 무력으로 제압할 수 있는지 여부를 따져 보았고,
(그럴 일이 없길 바라지만)충돌이 벌어지면 대처하는 것도 가능할
것이란 생각을 하고 있었다.

다만 어쨌건 이곳은—그들의 표현을 빌려—'서동호의 나
와바리'인 곳이니 강이찬이라 할지라도 마냥 낙관할 수는 없
었다.

서동호 역시도 '전쟁'을 바라지는 않을 것이지만, 말마따나 이곳은 '이방인 하나둘 정도'는 사라져도 그 행방을 모를 곳이기도 했다.

그리고 지금 봉식이 파의 실세인 서동호는 지금 '조광에서 벌인 일'의 파장이 부산에 끼친 영향을 은근슬쩍 들먹여 가며 협상의 우위에 서려 시도하는 중이었다.

"그렇게 볼 수도 있겠군."

"볼 수도 있는 겁니꺼, 아니면 봐야 하는 겁니꺼?"

구봉팔은 서동호의 도발을 태연히 받아넘겼다.

"둘에 차이가 있나?"

"하모요. 있지예."

서동호가 대답했다.

"햄이 앞쪽이라 생각하믄 미꾸라지맹키로 요래조래 빠져나갈 구실이 있지마는, 뒤쪽이라 생각하믄 피차가 이번 일을 좋은 기회로 발전시킬 건수가 되는 거라고 볼 수 있지 않겠습니꺼."

서동호의 말은 이번 사안을 꽤나 예리하게 파고드는 것이었다.

"우짜든 간에 내가 보기에 햄은 광남파, 나아가 조광에서 금마들 뒤를 봐주는 놈을 치고 싶은 거 같소만, 그건 어디까지나 결과적으로다가 서로에게 좋은 이야기 아닝교."

서동호가 말을 이었다.

"근데 이기 다 스울서 사람 관리 몬 해가 벌어진 일인데, 이래 가꼬는 이번 사태에 '책임'을 지는 사람이 없는 거라예. 그래서야 되겠심꺼. 예? 진호 행님."

말은 번드르르하게 하지만, 교묘하게 핵심만 비껴간 발언이었다.

즉, 서동호는 이번 일로 무언가 콩고물이 떨어지길 기대하는 눈치이면서 자신이 그걸 바라고 있다는 걸 명확히 하지 않는 것으로 약삭빠르게 제 주머니를 챙기려는 것이었다.

그런 서동호의 꿍꿍이를 모를 리 없는 구봉팔은 '어디 한번 보자.'는 심경으로 그 말을 받았다.

"앞서 사업권 이야기는 했고…… 내가 따로 뭘 해 주면 좋겠나?"

구봉팔도 깡패이니 '동생이 고향 내려가는데 굴비라도 한 묶음 있어야 하지 않겠습니까?' 하며 따로 용돈을 한몫 챙기는 일이 있다는 건 알고 있지만.

"어데예."

서동호가 손사래를 쳤다.

"행님이 그리 말씀하시니까 누가 보믄 내가 뭐 바라는 게 있어가 이러는 줄 알겠네."

사실이 그러면서 능청스럽기는.

한 차례 너스레를 떤 서동호는 소주를 따르며 말을 이었다.

"뭐어, 어쨌거나 광남파 아들 조사 뿌는 거는 확정된 일이지마는…… 금마들 없애 뿌고 나믄 쪼매 남는 것이 있지 않겠습니꺼?"

"……."

구봉팔이 서동호를 물끄러미 보다가 입을 뗐다.

"설마 광남파가 관리하던 마약 사업을 넘겨달라는 건가?"

"하하하."

서동호가 웃었다.

"진호 행님. 말씀이 참, 노골적이시네."

서동호는 웃으며 잔을 꺾은 뒤, 입가를 닦으며 눈을 가늘게 떴다.

"뭐어, 누가 묵고 탈나는 것만 아이며는, 쫌 묵어삐리도 나쁘지 않을 거 같단 거요."

"……."

별로 유쾌한 일은 아니지만, 설령 그 일로 인해 위험에 빠지더라도 그건 눈앞의 서동호가 감수해야 할 일이지 구봉팔 입장에서는 조광이 마약에 손을 대는 것만 아니면 누가 마약을 유통하든 하등 상관할 바가 아니었다.

그래서 구봉팔이 고개를 끄덕이려는데, 그동안 잠자코 있던 강이찬이 입을 뗐다.

"안 됩니다."

서동호가 고개를 돌려 강이찬을 보았다.

"……나는 지금 행님이랑 이야기 중이오만."

"알고 있습니다."

강이찬은 애당초 서동호와 말을 섞고 싶어 하지 않는 눈치였지만, 그럼에도 불쾌감을 참아 내며 말을 이었다.

"나는 그쪽에서 광남파의 마약 사업을 이어 받는 건 인정하지 않겠단 겁니다."

서동호는 어처구니가 없다는 듯 구봉팔을 보았다.

"진호 행님, 인마가 끼어들어도 되는 짬밥입니꺼?"

"……뭐어."

구봉팔은 떨떠름한 얼굴로 강이찬을 보았다.

'설마하니 이런 상황에 끼어들어 초를 치다니.'

그야 안기부 요원이라는 강이찬의 입장을 생각한다면 눈앞에서 버젓이 자행되고 있는 범죄의 흔적을 가만히 내버려둘 수 없다는 것쯤은 알겠지만, 그래도 지금은 휴가 중인 데다가 안기부의 입장과 별개로 움직이는 중 아니었나?

이러다간 강이찬이 안기부 요원임을 커밍아웃(?)해 버리는 건 아닌지 구봉팔은 조금 저어되었지만, 그는 이 상황에서 자신이 할 수 있는 최대한 융통성 있는 답변을 내놓았다.

"여기 있는 김민수는 내 동생 같은 친구이긴 하지만, 그렇다고 내 부하는 아닐세."

"……."

"그러니 내가 동호 자네에게 해 줄 수 있는 범주와 민수가 이 일로 양보할 수 있는 범주도 다른 것이지."

딱히 거짓말은 아니다.

지금은 형 동생 하는 사이이긴 하나, 강이찬은 구봉팔의 명령을 받는 부하도 아닐 뿐더러 본질적으로는 물과 기름처럼 섞일 수 없는 관계였다.

서동호는 마치 구봉팔의 말에 담긴 진위 여부를 확인하기라도 하는 양 잠시 뜸을 들였다가 혀를 찼다.

"……거참."

서동호가 입을 뗐다.

"내 알겠다. 진호 햄이 그래가 아까 '어느 정도'만 책임을 질 수 있다꼬 말한 거지예?"

다행히(?) 서동호는 강이찬(김민수)을 구봉팔과 편의상 동행 중일 뿐 다른 파벌에 속한 인물로 해석한 듯했다.

"그런 셈이지."

"조광도 졸라 복잡하구만."

서동호가 투덜거렸다.

"하모 민수 씨가 '모시는 상사'는 약 같은 건 절대로 취급하지 않는다, 뭐, 그런 입장인기요?"

"그렇습니다."

강이찬이 대답했다.

"애당초 그분께서 이 일에 개입하시기로 한 것도 광남파가 국내에 마약을 유통하고 있기 때문입니다."

"……흥."

서동호는 밥맛이 떨어졌다는 듯 인상을 구기며 소주를 입 안에 털어 넣었다.

'하긴, 안기부 입장에서는 누가 조광 내부 파벌 다툼의 승 자가 되건 간에 신경 쓰지 않겠지.'

그러니 어떤 의미에서 보자면 (결코 의도하지는 않았겠지만)강이 찬은 서동호의 입장을 배려한 것으로 볼 수도 있었다.

만일 서동호가 몸담고 있는 봉식이 파가 마약을 취급하기 시작한다면, 그때부터 그들은 안기부의 표적이 될 테니까.

'뭐, 강이찬이 이렇게 나온 건 어느 정도 감정적인 요소도 있겠지만.'

서동호가 광남파의 마약 유통 루트를 삼키려면 해외 조직 과 거래를 트고 있는 광남파의 핵심 인물 몇몇을 남겨 두어 야 할 테니, 그건 광남파를 이 땅에서 깡그리 없애고 싶어 하 는 강이찬 입장에선 달갑지 않은 일일 것이다.

'어쨌든 여기선 광남파와 엮인 강이찬 개인의 은원 관계는 차치하더라도, 내 입장에선 강이찬의 편을 드는 게 앞으로도 수월하겠어.'

자신 입장에서도 광남파의 뒤를 봐주고 있는 광금후를 무 탈하게 제거하려면 안기부를 이용해도 좋으리라.

생각을 정리한 구봉팔이 빙긋 웃으며 서동호의 빈 잔에 술 을 따라 주었다.

"동생이 이해하게. 아까도 말했지만 민수 이 친구가 워낙 벽창호 같은 친구라서."

"······."

"그렇긴 하지만."

구봉팔이 일부러 표정을 굳히며 말을 이었다.

"돌아가신 선대 회장님 역시 다른 건 몰라도 마약만큼은 절대 손대지 말라고 엄포를 놓으신 분이니, 동생도 그것만큼은 알아주었으면 좋겠군."

"······."

서동호는 구봉팔의 눈을 피하지 않고 그를 노려보다가 픽, 웃었다.

"에이, 왜 이러시나. 동생이 농담 한번 한 거 가지고 다들 너무 진지하시오."

서동호는 방금 전 발언을 농담으로 돌리고 있었지만, 구봉팔은 그가 꽤 머리가 잘 돌아가는 인물임을 진즉에 알아보았다.

박철민도 최근 조광에서 벌어진 구봉팔 습격 사건을 알고 있었을 정도니, 서동호라고 그런 일을 모를 가능성은 낮다.

그는 이런, 유혈 사태로 번지기 시작한 조광 내부의 파벌 다툼에서 조광의 차기 실세로 거듭나고자 하는 인물이 누구와 누구라는 것과 여기서 누구 손을 들어줘야 합리적일 것이라는 것도 계산을 마쳤으리라.

'그리고 그런 선대 회장의 유지를 이어받는 인물의 대리로 나왔다는 것에서 강이찬이 누구일 거란 오해를 해 주었겠지.'

서동호는 아마 김민수(강이찬)를 조세화의 직속으로, 박진호(구봉팔)를 그런 조세화와 동맹 중인 구봉팔의 직속으로 해석 중일 것이다.

'실제론 다르지만.'

하물며 조광에서 선대 회장의 영향력이 어느 정도인가 하는 걸 귀동냥으로라도 아는 인물이라면 여기서 욕심을 앞세워 조광과 척을 져 봐야 득될 것이 하나도 없다는 것까지.

쏟아진 물과 내뱉은 말은 주워 담을 수 없는 법이지만 강이찬과 구봉팔은 술잔을 나누며 서동호의 뻔히 보이는 너스레를 받아 주었다.

'다만.'

구봉팔은 잔을 꺾으며 생각했다.

'딴 주머니를 차려는 놈이 생기기 시작했단 걸 보면 부산쪽 조폭들에도 세대교체란 이름의 균열이 보이기 시작했단 걸로 해석해도 되겠군.'

나는 강이찬의 보고를 들으며 생각했다.

'이게 나비효과라는 걸까.'

이 시대만 하더라도—여기엔 이맘때 범람하기 시작한 조폭 영화 등의 미디어도 영향을 끼쳤겠지만—'부산 하면 조폭'이라 할 정도로 부산 조폭은 유명했는데, 부산 조폭의 영향력은 정부에서 대대적인 조직폭력배 소탕을 한 뒤로도 한동안 이어졌을 정도였다.

그런 부산 조폭이 지금 윗물과 아랫물의 생각이 다르다는 건, 전생과 지금의 상황이 꽤 달라졌다는 걸 의미하는 걸지도 모른다.

'뭐, 나도 이 시기 지방 조폭 동향은 잘 모르니 무어라 확신할 수 있는 요소는 아니지만.'

왠지 이를 전국구 조폭인 조광이 휘청거리기 시작하면서 생겨난 파장이라고 해석해도 딱히 비약은 아닐 거란 생각이 든다.

만일 조설훈이 건재했다면 광금후가 딴 주머니를 찰 여지도 없었을 것이고, 광금후가 그 뒤를 봐주고 있었단 광남파란 조직은 일개 지방조직으로 남아 있다가 자연스레(아니면 전생의 강이찬이 개입하여) 소멸했을 테니까.

나는 수화기에 대고 입을 뗐다.

"알겠습니다. 다음 일정은 어떻게 됩니까?"

―예. 서동호의 알선으로 저녁에 김 교수란 사람을 만나기로 했습니다.

"김 교수?"

-예, 부산에 있는 어느 대학 교수인 인물입니다.

건달은 아니고 반달쯤 되는 인물인가 보군.

수화기 너머 강이찬이 말을 이었다.

-다만…… 김 교수란 인물은 저희 쪽에서 이미 접선 중인 인물이기도 합니다.

강이찬이 말한 '저희 쪽'이란 건 물론 안기부일 것이다.

"어떤 사람입니까?"

-저도 만나 본 적은 없어 자세히는 모릅니다만, 예전부터 안기부와 연이 닿아 있는 사람이라고 들었습니다.

예전부터라.

"그 사람은 강이찬 씨가 만나도 괜찮은 사람입니까?"

-……저를 알아보지는 못할 겁니다.

"그렇군요."

하긴, 아무리 안기부에서 접선책으로 쓰는 인물이라곤 하나, 그런 인물이 요원의 얼굴을 알고 있을 요량은 없을 테니까.

"그래도 혹시 모르니 주의해 주세요."

-예, 사장님.

통화를 마친 뒤, 나는 잠시 자리를 비웠던 우리 회사 외부 회의실로 돌아갔다.

"통화는 마치셨습니까?"

김철수가 빙긋 웃으며 나를 반겼다.

"여기서 통화하셔도 저는 없는 사람처럼 조용히 입 다물고 있을 자신이 있는데요."

"……."

아, 예. 어련하시겠습니까.

김철수는 내가 자리에 앉길 기다렸다가 다시 말을 이었다.

"그나저나 어째, 강이찬 요원은 휴가 중인 데도 평소보다 더 바쁜 거 같습니다."

강이찬이랑 통화했다는 건 어떻게 안 거지?

그는 내 표정을 읽었는지 손가락으로 자신의 귀를 가리켰다.

"이걸 칵테일파티 효과라고 했던가요? 벽 너머로 김 교수란 이름이 들렸거든요."

"……벽을 좀 더 두껍게 만들 걸 그랬네요."

"하하, 그래도 미적으론 보기 좋은걸요. 이대로 내버려 두시죠."

김철수는 지금 외부 회의란 명목상의 이유를 대며 SJ컴퍼니 분당 사옥에서 나와 접선 중이었다.

사실 그를 우리 회사로 초대할 생각은 추호도 없었지만.

「이제 사장님과 단둘이 만나기 시작하면 양상춘 박사가 저희 사이를 의심할 테니까요.」

뭐, 양상춘은 내가 김철수의 정체를 모른다고 생각 중이니까.

'그렇다고 이 인간을 전예은이랑 만나게 하고 싶지는 않고.'

그런 이유로 그나마 타협을 본 게 얼마 전 최서연을 맞이한 회사 외부 회의실이었다.

때마침 전예은은 이번 예능 기획 건으로 출장을 나간 상태이기도 했고.

김철수가 말을 이었다.

"그래도 벌써 김 교수를 만났다니, 제법이군요."

그쪽에서도 어느 정도 김 교수란 인물을 통해 만날 의향을 내비쳤을 거면서 의뭉은.

"어떤 사람입니까?"

"뭐어."

김철수가 미소 띤 얼굴로 대답했다.

"반달입니다."

역시나.

김철수가 말을 이었다.

"반달치고는 꽤 약삭빠른 인물이죠. 공공연히 말할 건 아닙니다만, 예전 저희 회사에서는 이래저래 돈 놀이를 조금 했거든요. 그때 알게 된 사이라고 합니다."

알 것 같군.

'아마 범죄와의 전쟁 이전부터 알고 지내던 사이겠지.'

지금보다 몇 년 전, 안기부가 민간인과 결탁해 카지노 사업권이며 슬롯머신 업소 인허가권 거래를 했다는 건 뉴스로 다뤄졌을 정도로 유명한 일이었고, 그 관련자 수색을 '윗선'에서 막아섰다는 후속 보도까지 있었을 정도니.

'그 김 교수란 인물은 안기부 및 사법기관과 일종의 거래를 한 걸까.'

그렇다고 흥미 본위로 파헤치기엔 리스크가 큰일이니 나는 더 이상 묻지 않기로 했다.

그야, 김철수에게 물으면 대답이 줄줄 흘러나올 거 같긴 하지만, 나도 일부러 늪에 발을 들일 과오를 저지를 만큼 어리석진 않다.

다만 김철수는 이를 남이 한 이야기를 전하듯 말했으니, 김 교수란 인물과 연결 고리를 유지한 채 당시 그들과 거래하던 안기부 요원들은 이미 물갈이가 끝난 상태인 듯했다.

김철수는 그런 나를 보며 빙긋 웃은 뒤 말을 이었다.

"그렇긴 하지만 지금 어떤 상황인지 보다 구체적으로 들려주실 요량은 있으시죠?"

"예."

나는 김철수에게 강이찬과 구봉팔이 이런저런 일을 거쳐왔단 내용을 전했다.

"봉식이파라. 부산에선 꽤 거물이죠. 하긴, 조광을 통했으니 그 정도 인물이 나와 주지 않으면 그쪽에서도 체면이 서질 않을 테지만요."

김철수가 말을 이었다.

"그나저나 강이찬 요원은 참 성실하군요. 유통까지는 저희도 눈감아 주기 어렵지만 이미 들여온 물건을 압수해 어떻게 처리하든 그건 봐 줄 수도 있는데 말입니다."

그거 국가기관 소속 사람이 할 말인가.

"그런데 이대로 내버려 둬도 괜찮겠습니까? 벌써 딴생각을 품는 사람들이 나오기 시작하는 거 같은데요."

그래서야 안기부의 원대한(?) 계획에 차질이 가는 게 아닐까, 내가 서동호에 대해 언급하자 김철수가 어깨를 으쓱였다.

"그것도 예상 범주 내의 일입니다. 자고로 돈에 관심 없다고 떠드는 인간이 가장 돈에 미쳐 있단 말도 있는 것처럼."

김철수가 비릿한 미소를 지었다.

"그들이 소리 높여 의리를 떠들어 대는 건, 그게 깡패들의 약점이기 때문이죠."

하긴, 그들은 지금 광의 여백에서 생겨난 이권에 몸이 바짝 달아올라 위아래 눈치 볼 겨를도 없을 것이다.

'그래도 지방이 시끄러우면 내게도 별로 득될 것 없는데.'

김철수는 그런 내 고민을 꿰뚫어 보듯 말을 이었다.

"그래도 크게 걱정하실 건 없습니다. 지금은 그들도 전례가 없던 일이어서 감을 잡지 못하고 있습니다만, 그치들이 군침을 흘려 댈 사업도 얼마든지 생겨날 테니까요."

김철수는 내가 미끼를 물길 바라는 눈치로 슬쩍 그런 말을 흘렸지만, 거기 낚일 내가 아니다.

'정부에서 뭘 할지, 그리고 거기에 깡패들이 개입할 여지가 있는 사업이라는 것쯤은 이미 알고 있거든.'

또, 이건 김철수는 모르고 있겠지만, 그런 사업들도 그 뒤 머지않아 철퇴를 맞게 된다.

'뭐, 그때 가선 내 알 바 아니지.'

그런 것보단 당장의 일을 처리하는 게 먼저다.

'왠지 이제 슬슬 경찰들도 움직이기 시작할 것 같고.'

4장

나는 일단 김철수의 말에 고개를 끄덕였다.

"예상 범주 내의 일이라고 하니 다행입니다만, 김철수 씨는 이 상황을 어떻게 이끌어 가실 예정입니까?"

"흠, 평소라면 기밀 작전 내용을 민간인에게 발설하는 건 금기입니다만, 다른 사람도 아닌 사장님이시니⋯⋯."

비싼 척 굴기는.

김철수가 말을 이었다.

"간략히 말씀드리자면, 우선 광남파는 부산 조폭 연합에 의해 배제될 겁니다."

안기부에서는 벌써 '부산 조폭 연합'을 준비한 모양이었다.

하긴, 조성광의 진출도 막아 낸 자들이니 외부 세력에 맞서 연합을 구성하는 건 어렵지 않을 터.

다만 사업가로선 여기서 지적하지 않을 수 없는 사안이 있었다.

"그렇게 되면 연합 측에 뭐라도 안겨 줘야 할 텐데…… 김철수 씨가 속한 기관 입장에서는 그걸 어떻게 처리하시려고요?"

조폭을 이용하는 건 그렇다 치더라도, 이 시대에 예전처럼 국가 단위로 조직폭력배를 규제할 힘은 없을 것이다.

아닌 말로 지난 범죄와의 전쟁은 당시 정권의 여론 몰이용으로 보는 입장도 없지 않을뿐더러 그에 따른 부작용까지 감수해 가며 진행한 일이다.

"하하, 그 말씀대로입니다."

김철수는 여전히 싱글벙글 웃는 얼굴이었지만, 어째선지 눈을 날카롭게 빛내며 말을 이었다.

"아닌 말로 이번에 봉식이파의 젊은 피도 광남파를 배제하고 난 뒤 떨어질 콩고물을 기대하는 눈치이니, 부산 조폭들 입장에 이 먹음직스러운 돈줄을 가만히 내버려 두고 싶지는 않겠죠. 모두의 뜻이 그러하니 한동안은 연합에서 이를 관리하려 들 겁니다."

알 것 같다.

마약이란 소량으로도 돈이 된다.

마약은 그만큼 위험한 물건이고, 현재 부산 조폭의 거두들은 조성광이 그랬듯 국내에 마약을 유통시키지 않는 방향으로 갈 것이다.

하지만 두목의 뜻과 부하들의 뜻이 같지는 않으리라.

범죄와의 전쟁은 부산 조폭들에게도 커다란 상흔을 남겼고, 그들의 사업 규모는 전에 없이 쪼그라든 상황.

한 번이라도 돈 맛을 보면 예전의 비루한 인생을 견디지 못하는 법이니, 그 시절의 영광(?)을 기억하는 서동호 세대의 실권자들은 이 새로운 사업 기회를 포기하고 싶지 않을 터.

'사실상 그들이 연합을 구성해 광남파를 배제하는 데 참가하는 것도 이런 계산이 밑바탕에 깔린 것일 테니까.'

나는 짧은 생각 뒤 김철수의 말을 받았다.

"그러면 이 연합의 구심점이 될 인물이 중요해지겠군요. 혹시 김 교수란 사람을 앉히실 겁니까?"

"하하, 김 교수가 머리 회전이 빠른 사람이긴 합니다만, 그에게 그 정도 배짱은 없습니다."

"그럼요?"

김철수가 턱을 긁적였다.

"이럴 땐 외부 중립 세력이 적절하겠죠. 구봉팔이 어떨까, 하고 생각 중입니다."

"……당사자의 동의도 없이요?"

어처구니가 없어 끼어들었더니 김철수가 피식 웃었다.

"여기서 구봉팔 개인의 의사는 중요하지 않죠. 그가 제 생각대로의 인물이라면 그 제안을 거부하기 힘들 겁니다."

"……."

"어쨌거나 타이밍이 좋습니다. 사장님 덕분에 김 교수에겐 미리 '민수 씨와 진호 씨'에게 협조해 달란 전화를 한 통 넣을 수 있게 되었으니까요."

내가 할 말은 아니지만, 사람 참 못됐군.

'그야, 임시로 연합을 관리할 중립 세력으로 구봉팔만 한 인물도 없긴 한데…….'

그도 그럴 것이 구봉팔은 광금후에게 공격받았다는 명분이 있을 뿐만 아니라, 전국구 대형 조폭 집단인 조광의 차기 실세 중 한 사람으로 거론되는 인물이니까.

'그렇게만 된다면 구봉팔은 (본의 아니게) 전생과 달리 거물이 되겠군.'

그렇다고 여기서 '전생에는 어떻게 했을까' 생각하는 건 의미가 없다.

전생에는 이 일도 좀 더 단순했을 것이다.

광금후는 조설훈의 손에 숙청되었을 것이고, 후원자를 잃은 광남파는 지방 군소 조폭으로 남아 있다가 강이찬 또는 타 조직에 의해 괴멸되었으리라.

'지금은 그렇게 해 버리기엔 광금후의 세력이 너무 크고, 마약 밀매 루트란 돈줄을 쥔 광남파의 규모도 전생 같지 않을 테지.'

사안이 복잡해지면 해결 방안도 그에 맞춰 번거로워지는

것이다.

다만.

"그래서야 부산 조폭들 입장에선 이리를 쫓아내려 호랑이를 불러 온 꼴이 될 거라 판단할 듯합니다만."

"아무렴 뭐 어떻습니까."

김철수가 어깨를 으쓱였다.

"호랑이는 용무를 마치는 즉시 원래 산골로 돌아가면 그뿐인걸요. 그러잖아도 호랑이가 있던 원래 산골짜기도 지금 꽤 흉흉한 상황이 아닙니까?"

김철수가 미소 띤 얼굴로 말을 이었다.

"그들도 구봉팔이 광금후를 치려면 서울로 돌아가야 한다는 것쯤은 알 테고, 연합은 이름뿐인 조광을 세워 둔 채 서로 눈치 싸움을 시작할 겁니다."

꽤 거칠지만, 나 같은 보신주의자는 떠올리기 힘든 전략이었다.

'그사이 정부에서 이런저런 시책을 발표하고, 생각이 제대로 박힌 놈들은 그림의 떡인 마약 유통 루트를 건드리는 대신 곁가지로 빠져나갈 거란 건가.'

나는 고개를 끄덕였다.

"그리고 김철수 씨 측에서는 그사이 재빨리 마약 밀매 루트를 정리해야겠군요. 관건이라면 그동안 눈치 없이 선을 넘는 사람이 나오지 않아야 할 텐데요."

"하하, 그렇긴 합니다."

김철수는 시원시원하게 시인했지만, 문제는 그뿐만이 아니었다.

"그리고 구봉팔이 떠나 있는 동안 밀매 루트를 관리할 사람도 필요할 텐데, 그건 김철수 씨 회사에서 직접 하실 겁니까?"

해외 조직 입장에서 마약 밀매 루트인 광남파가 소멸했다는 걸 알게 된다면 그들은 즉시 거래를 끊어 버릴 것이니 안기부가 그들에게 블러핑을 하려면 한동안 거래를 이어 가야 할 테고, 명색이 국가 기관이니 들여온 마약으로 장사를 할 수도 없을 터.

그렇게 되면 자금난에 허덕이는 안기부가 그 비용을 감당할 수 있을지.

'그리고 그 비용 청구를 내게 하고자 한다면 나로서도 좀 곤란하단 말이야.'

김철수는 내 말에 담긴 의중을 읽어 내고 슬며시 미소를 거뒀다.

"그 부분은 걱정하실 거 없습니다."

"……."

"저희가 예전 같지 않은 건 사실이지만, 그에 대한 작전 수립은 차근차근 진행 중이니까요."

김철수에게선 이 이상은 민간인인 내게 발설할 수 없다는 뉘앙스가 전해졌다.

"그렇다면 저도 더 이상은 묻지 않겠습니다."

나 또한 이 이상은 발을 들일 생각이 없다는 걸 확실히 전했다.

"이해해 주셔서 감사드립니다."

"……그런데 경찰의 움직임이 어떨지도 생각해 두어야 하지 않겠습니까?"

"부산 쪽은 이야기가 끝났으니 걱정하실 것 없습니다."

뭐, 모르긴 몰라도 부산에서 그 정도 대규모 항쟁이 일어나면 경찰 및 언론이 이 일을 주시할 것이니.

적당히 몇 명 교도소로 보내는 것으로 일을 덮잔 식의 협의를 거쳐 두었으리라.

"서울은요?"

내 지적에 김철수가 곤혹스럽다는 듯 머리를 긁적였다.

"그 부분은 저희도 고심 중입니다."

안기부 입장에서도 경찰(정진건 측)의 유능함은 계산 밖의 일인 듯했다.

'그래서 조세화와 양상춘 앞에 모습을 드러낸다는 리스크까지 감수해야 했지.'

정진건 측에는 구봉팔을 습격한 것이 광금후라는 정보가 들어갔을 것이고, 또한 이들은 조설훈의 죽음에 의구심을 품고 있다.

한편, 조세화는 지금 조설훈을 살해한 것이 광금후라 생각

중이며, 그녀는 양상춘과 강하윤을 통해 경찰과 그러한 정보를 공유하는 중일 터.

'그리고 안기부가 이 일을 주시하고 있는 중이라는 것까지.'

조세화와 양상춘이 경찰에 안기부의 존재를 알릴지 말지는 나도 알 수 없지만, 광금후를 어떻게 처리하면 좋을지 선택해야 할 때가 왔을 때 경찰과 조세화의 입장은 갈라지기 시작할 것이다.

김철수가 내게 물었다.

"여기서 사장님의 지혜를 빌릴 수 있다면 좋을 텐데, 뭔가 좋은 방법 없을까요?"

흥, 사탕발림은…….

김철수도 구상해 둔 방법은 몇 가지 있을 것이지만, 그는 지금 내게 '조언'을 구하는 형태로 내가 이번 일의 공범이 되길 종용하는 것이리라.

'그런 수작엔 안 넘어간다, 이놈아.'

나는 미소 띤 얼굴로 고개를 저었다.

"저도 잘 모르겠군요."

그가 구상 중인 건 내가 생각하는 것처럼 사람을 죽이는 것일 테니까.

'내가 광금후를 이렇게 죽이면 어떨까요? 하고 말했다간 즉시 공범이 될 텐데. 안 그래?'

광수대 임시 사무실은 얼추 짐을 옮기고 났더니 모양새만큼은 꽤 그럴싸하게 갖춰진 상태였다.

조설훈의 죽음에 대한 진위 여부를 밝히는 건 여러모로 신중해야 했기에—섣불리 건드렸다간 초동 수사의 부실함과 경찰 내부 부패라고 하는 판도라의 상자를 열어젖힐 여지도 다분했으니—극소수의 인원만이 이번 작전에 참여하고 있었지만, 수사에 대한 열정만큼은 무리 못지않았는지 임시 사무실에는 그들이 발족한 즉시 여기저기서 열정적으로 긁어모은 자료가 벌써부터 가득했고, 글자가 빼곡히 적힌 화이트보드는 메모할 자리가 부족해 두 개를 더 가져다 놓을 정도였다.

그리고 그들이 발족하며 가장 처음에 쓴, 한가운데 놓인 화이트보드 좌측에는 '최갑철'이, 우측에는 '광금후'가 기입되어 있었다.

정진건이 지휘하는 수사팀은 조설훈 살해의 배후로 최갑철과 광금후를 의심하는 중이었다.

광금후는 조설훈의 죽음으로 가장 큰 이득을 볼 인물이라는 것과 최근 조세화 파벌의 핵심이랄 수 있는 구봉팔을 공격했다는 정황 근거를 들어 그들이 핵심적으로 수사하는 인물이었다.

다만 광금후를 조설훈 살해의 핵심으로 지목하기에는 내

부에서 여러 이견이 있었다.

첫째, 현장에 있었던 것으로 추정 중인 '유령'의 냉정하고 주도면밀한 일 처리에 비해 구봉팔을 습격한 이들은 꽤나 허술했다는 점.

강하윤이 제기한 이 첫 번째 의문점에 의하면 범인은 총기를 다루는 일에 능숙하며, '프로'다운 면모를 보인 것에 반해, 구봉팔에게 가해진 습격은 그러지 못했다는 것이다.

그에 대해서도 광금후가 조설훈을 살해하던 당시와 달리 구봉팔에 대해선 크게 신경 쓰지 않은 것에 불과하지 않느냐는 식의 반론이 있었지만, 정진건은 일단 강하윤의 의견을 수용하기로 했다.

둘째로는 석동출의 위증 문제였다.

수사팀 내부에서는 당연히 석동출이 위증을 했다는 전제하에 수사를 진행 중이었지만, 여진환은 석동출이 '고작' 광금후의 보복을 염려해 몸을 감추었을 리 없다는 사심이 담긴 꽤 주관적인 견해를 내놓았다.

그에 대해 방승혁이 석동출의 위증은 어디까지나 배성준의 가족을 위해 그런 것이 아니겠느냐 반론을 내놓았지만, 정진건은 강하윤의 의견을 수용했듯 여진환의 견해도 임시 채용하기로 했다.

그 외에도 여러 가지 견해가 나왔지만 총론은 '광금후에게 조설훈을 살해할 만한 결행 능력의 유무'로 귀결되는 것으로,

현시점에선 결국 구봉팔을 습격했던 허술함과 곧잘 비교되는 것이었다.

그래서 정진건은 수사팀에서 반론이라고 내놓은 것에 대해 내심 별로 영양가는 없는 것 같단 생각을 했다.

그런 반면 최갑철에겐 '결행 능력'이라 부를 만한 힘이 있었다.

여당 총재인 최갑철은 박상대가 살아 있을 당시 김보성에게 '수사 종료'를 청탁할 정도의 의사를 내비친 한편, 그것이 받아들여지지 않자 김보성을 지방으로 발령 보냈을 정도였으니……

(이 이야기가 언급됐을 때 여진환은 얼굴에 떠오른 씁쓸한 표정을 감추지 않았다)

다만—여진환이 지적한 대로—최갑철에겐 조설훈 살해를 지시할 동기를 찾기 힘들었다.

굳이 최갑철의 동기를 찾자면 예비 사위의 원수를 갚는단 식으로 상황을 끼워 맞추는 것도 불가능하지는 않겠지만, 그게 어디 사람을 죽여 가며 청산할 정도이겠는가.

게다가 박상대의 죽음은 그야말로 불운한 사고였다.

설령 조설훈이 박상대를 따로 불러내 '실종' 처리를 할 계획이 있었다 할지라도 그건 계획의 단계에 머물러 있었을 뿐이지 실행에 옮긴 것은 아닌 것이다.

그와 관련해 방승혁은 혹시 최갑철과 조설훈 사이에 우리가 알지 못하는 다른 밀약이 있으며, 박상대의 몰락과 죽음은 그것이 틀어진 결과로 따져볼 수도 있지 않겠냐는 식의 반박을 내놓았다.

비록 조설훈의 죽음으로 인해 가장 큰 이득을 볼 만한 인물로 광금후가 거론되고는 있으나, 이득이 아닌 '손해를 줄이는' 방면을 고려했을 때 최갑철은 얻을 것보다 잃을 것이 더 많은 인간이었다.

또한 최갑철은 자신의 딸로 하여금 박강선이 있는 요한의 집을 인수하도록 했고, 나아가 구봉팔이 이사장으로 있는 재단까지도 인수할 예정이었는데, 이는 조설훈이 살아 있으면 해내기 힘든 일이었을 것이라는 게 광수대 내부의 중론이었다.

하물며 요한의 집을 비롯한 새마음아동복지재단은 조광이 자금 세탁 루트로 쓰고 있었을 것으로 추정 중인데, 그 반사이익을 얻어 왔을 박상대를 예비 사위로 두고 있던 최갑철이 아무것도 모른 채 고아원과 재단을 우연히 인수했으리란 생각은 들지 않았다.

그렇게 이런저런 이유를 들어 가며 다양한 주장이 나오다 보니 광수대 내부의 비공식 수사팀에는 관련 자료가 그득 쌓여 갔고, 바로 오늘, 임시 수사팀은 박상대가 예전, 서울시장 비서직을 수행할 당시, 조광 측에 다양한 특혜를 제공해 왔다는 자료를 손에 넣기에 이르렀다.

그 와중 마각을 드러낸 것이 바른나라운동본부라고 하는 시민단체로, 이곳은 박상대가 서울시장의 비서직을 수행할 당시 단체 설립을 승인한 곳이었다.

바른나라운동본부는 새마음아동복지재단이 운영하는 위탁 보호시설인 요한의 집과 결연 중일뿐만 아니라, 그 운영 기금은 서울시에서 편성한 예산과 외부 후원금, 새마음아동 복지재단을 통해 충당해 왔다.

그리고 이 바른나라운동본부의 간부 중엔 중앙노동위원회 대표의—조광의 자회사 중 한 곳인 진일의 노조위원장—아내가 포함되어 있었다.

여기에 당시 서울시장이 최갑철이 총재로 있는 여당 측 인물이라는 건, 우연치고는 공교롭다 못해 정치적 냄새가 진하게 풍기는 일이었다.

살아생전 박상대는 최갑철과 조광 양측에 발을 걸친 채 서로의 이익을 도모해 왔으며, 최갑철 또한 박상대를 중개인으로 삼고 조광 측과 유착을 이어 오고 있었을지 모른단 추측이 가능해진 것이다.

즉, 최갑철이 김보성으로 하여금 박상대 건에서 손을 떼란 청탁을 해 온 건 그가 단순히 여당에 속한 예비 정치인이자 그 자신의 예비 사위여서가 아니라, 박상대의 의사에 좌지우지되는 각종 단체와 거기서 불거질지 모를 스캔들을 우려했기 때문이란 정황이 드러날 위험성 때문이었다.

최갑철이 자신의 딸로 하여금 요한의 집, 나아가 새마음아동복지재단을 인수하도록 한 일은 자연스레 중노위를 두고 조광과 줄다리기에서 힘을 주어 그 단체를 자신을 향해 끌어당기고자 한 일로 해석되었고, 그 결과는 최갑철 입장에서는 정당의 입김이 닿은 어용 노조를 손에 넣는 것으로 이어질 것이다. 이쯤 하니 최갑철이 조설훈을 살해해 얻을 '이득' 또한 충족되었다.

이러한 보고를 들은 박강호는 자신이 꽤나 골치 아픈 일에 발을 들이고 말았음을 인정하지 않을 수가 없게 됐다.

현 여당의 전폭적인 지원을 통해 막강한 권력을 손에 넣게 된 검찰 입장에서 현 여당 대표의 정경 유착 비리를 폭로하기란 꽤나 곤혹스러운 일이었다.

여기서 한걸음 더 나아가 벌집을 들쑤시기 시작한다면 석동출의 증언(위증)을 곧이곧대로 받아들인 경찰의 입장 또한 난처해질 것이고, 박강호와 그 임시 수사팀은 검찰과 경찰 모두의 비난을 받고 말 것이다.

'이거, 정권이 바뀌기 전까진 섣불리 건드려 볼 수도 없는 일이 되고 만 건가.'

그래서 박강호는 내심, 차라리 조설훈을 살해한 배후가 광금후 측이길 바라며 좌중을 보았다.

좌중이라곤 해도 정진건과 강하윤, 여진환, 방승혁이 앉아 있을 뿐인 조촐한 자리였지만.

"어느 쪽도 소홀히 할 수 없게 됐군요. 일단 당장 급한 일부터 처리하도록 합시다."

박강호가 말한 '당장 급한 일'이란 광금후와 그 주변부를 찾는 것이었다.

"광금후에겐 조설훈을 살해할 동기가 충분하며, 얼마 전에는 그중 조설훈의 딸인 조세화 파벌 측 인물을 습격했다는 정황도 있습니다."

소문에 의하면 구봉팔 측에서도 자신들을 공격한 배후를 찾느라 여기저기를 들쑤시고 다니는 모양이었던 데다, 그들이 광금후를 지목하는 것도 시간문제라고 생각했다.

광금후가 조설훈의 죽음에 개입했건, 하지 않았건 간에 그가 구봉팔을 건드렸다는 것 자체는 수사팀 내부에서도 어느 정도 기정사실로 굳어진 모양이었으니, 수사팀 입장에선 구봉팔 측에서 광금후에게 사적 제재를 가하기 전 그 '안전'을 보장할 필요가 생긴 것이다.

그렇게 해서 강하윤에게는 평소 친분이 있는 요한의 집을, 그 외 정진건, 방승혁, 여진환 등에게는 광금후 측이 구봉팔을 습격했다는 정황과 증거 수집을 맡겼다.

강하윤이 양춘자를 찾은 건 그날 오후였다.

요한의 집에서 도우미로 일하게 된 양춘자는 빨래를 널다가 강하윤을 맞았다.

　　"어머, 하윤 씨."

　　양춘자는 강하윤에게 호의적이었다.

　　그도 그럴 것이 강하윤은 박상대의 그간 얼굴도 비친 적 없던 외가 측이 그를 입양해 가려 할 때 변호사까지 붙여 가며 박강선을 지켜 주기도 했지만, 무엇보다도 선량하고 순수한 그녀가 마음에 들기도 한 것이었다.

　　"안녕하세요."

　　정작 강하윤은 조금 어색한 미소로 양춘자에게 인사했지만, 양춘자는 신경 쓰지 않았다.

　　"누가 오신단 이야기는 못 들었는데…… 오늘은 혼자 오셨나요?"

　　"예, 오늘은요."

　　강하윤이 주위를 두리번거리며 말을 이었다.

　　"애들이 안 보이네요."

　　"이 시간에는 방과 후 교실인가 뭔가 하는 걸 하거든요."

　　"강선이는 잘 지내나요?"

　　"네, 강선이는 아직 입학 수속을 밟기 전이지만 학교에서 편의를 봐줘서 요샌 누나랑 형들을 따라 거길 다니고 있거든요."

　　양춘자는 예전에 보았던, 삶에 찌든 흔적이라곤 씻기고 없는 미소로 말했다.

"아마 조금 기다리면 올 거예요. 안쪽에서 기다리시겠어요?"

"아뇨……."

강하윤이 양춘자 근처에 놓인 빨랫감을 보며 말을 이었다.

"도와드릴게요."

"고마워요."

강하윤은 양춘자의 지시를 따라 행거에 빨래를 널면서 입을 뗐다.

"실은 오늘은 양춘자 씨에게 몇 가지 물어보고 싶은 게 있어서 찾아왔습니다."

강하윤의 말에 양춘자는 움찔하며 그제야 경계의 빛을 얼굴에 조금 띠웠다.

"저에게요?"

"예."

"……그거라면 저번 취조 때, 제가 아는 건 다 말씀드렸는데요."

양춘자는 이제 명백하게 거절의 의사를 띠고 있었다.

양춘자는 예전, 박강선의 모친인 정순애가 실종되었을 당시, 양춘자의 직장이자 집 근처를 괴한이 서성이자 고향으로 피신했다.

당시엔 아직 박상대가 살아 있을 때였고, 이후에는 그 괴한의 정체가 박상대의 부탁을 들은 조설훈이 사람을 보낸 것이라고 생각했지만, 최근 들어서는 그게 아닐지도 모른다는 생각이 드는 건 어째서일까.

강하윤은 머릿속으로 떠오른 생각을 정리하며 입을 뗐다.

"그냥 여쭙고 싶은 게 있어서요. 춘자 씨, 혹시 최서연 씨 알고 계세요?"

최서연에 대해 물으니 양춘자는 조금 경계의 빛을 누그러뜨렸다.

"최서연이라면…… 이번에 요한의 집을 인수했다는 그분 말씀이죠?"

"네."

"그 여자라면 저번에 도장 찍으러 왔을 때 한번 봤죠."

남 말하듯 하는 걸 보니, 양춘자는 그때가 최서연과 초면이었던 듯했다.

'일단 예전에 접점은 없었던 건가.'

그렇다는 건, 양춘자는 중우일보 건과 연관이 없거나, 최서연과 그 일로 직접 만난 적은 없던 걸지도 모른다.

강하윤이 생각하는 사이, 양춘자가 물었다.

"그런데 그 여자가 왜요?"

"혹시 예전에 만난 적이 있을까 해서 여쭤본 건데…… 그건 아니신 것 같네요."

"그럼요. 나 같은 게 어디 그런 귀하신 분이랑 인연이 있을리가 있나요."

양춘자는 최서연에 대해 별로 좋게 생각하진 않는 눈치였다.

'하긴, 그녀 입장에선 박상대가 정순애와 박강선을 저버려가면서 택한 사람이니…….'

양춘자가 퉁명스레 말을 이었다.

"이건 조금 개인적인 이야기지만, 저도 사람 보는 눈은 좀 있거든요. 그 여자, 겉으론 안 그래 보여도 여우같은 여자예요."

"……."

남의 험담에 끼어들고 싶지는 않았지만, 강하윤은 일단 장단을 맞춰 주었다.

"그렇군요. 저는 아직 뵌 적이 없어서…….."

"뭐, 저도 그 이후로는 본 적 없어요. 고아원에도 코빼기를 안 비치는 걸 보면 아주 바쁘신 분인가 보죠?"

"……."

"아무튼 저한테 그 여자에 대해서 물어보려고 한 거라면 번지수를 잘못 짚었어요."

확실히, 그 외에 양춘자는 최서연과 접점이 없는 것으로 보였다.

'하지만.'

강하윤이 빨래를 널며 입을 뗐다.

"한 가지 더요."

"뭔데요?"

강하윤은 잠시 뜸을 들였다가 말을 이었다.

"정순애 씨가 한국에 들어와 취재했던 사실을 누군가에게 알린 적이 있으신가요?"

그리고 강하윤은 양춘자가 멈칫하는 걸 놓치지 않았다.

'내심 아니길 바랐는데⋯⋯.'

강하윤이 빨래를 걸어 놓은 뒤 양춘자를 쳐다보았다.

"저희는 당시 김기환 씨가 작성한 기사가 중우일보에서 검열된 과정에 제삼자가 개입했기 때문이라고 보고 있습니다. 그리고 김기환 씨가 정순애 씨를 취재 중이었단 사실을 알고 있는 사람은 손에 꼽을 정도였고요."

"⋯⋯."

"혹시 알고 계신 게 있나요?"

질문보다는 추궁에 가까운 말이었다.

양춘자는 빨래 두 세 벌을 더 널어놓은 뒤 나직이 입을 뗐다.

"송충이는 솔잎을 먹고 살아야 하는 법이에요."

양춘자가 말을 이었다.

"술집 여자가 남자 애를 배는 건 새로울 것도 없는, 흔하디흔한 이야기죠. 강선이를 지우지 않은 건 순애의 선택이었고, 박상대 그 새끼도 그만하면 도리는 다했다고 생각했어요."

양춘자는 고개를 돌려 강하윤을 보았다.

"순애는 기사가 나가고 나면 자기가 박상대의 옆자리를 차지할 줄 알았겠죠. 하지만 어림 반 푼어치도 없는 소리예요. 박상대가 누구 덕을 보고 컸는데요? 다 그 잘나신 정치인들 덕이잖아요? 그런데 그걸, 만약 기사가 나가 박상대의 사생아 이야기가 나가면, 박상대 그놈이 얼씨구나, 하고 순애를 챙겨 줄 거 같아요?"

"……."

"얌전히 태국에 있었으면 언젠가 기회가 왔을 텐데."

강하윤이 힘겹게 말을 받았다.

"그래도……."

"나라고 알았겠어요!"

양춘자가 목소리를 높였다.

빨랫감이 펄럭대는 소리뿐인 고아원의 적요함을 깨트리는 목소리였다.

"나라고 순애 그년이, 박상대 그 새끼를 찾아갈 줄 알았겠냐고요! 그리고 박상대 그 새끼가 순애를 그런 식으로…… 해 버릴 줄……!"

양춘자의 일그러진 얼굴을 새하얀 빨랫감이 가렸다.

"……하윤 씨도 결과적으로는 내가 순애를 죽인 거라고 생각해요?"

"……아뇨."

강하윤은 일부러 사무적으로 대답했다.

"정순애 씨의 죽음은 박상대 씨의 죄입니다. 양춘자 씨의 행동이 그 결과의 원인이라고는 생각하지 않습니다."

"……"

양춘자가 고개를 떨어트렸다.

"저, 최갑철 의원실에 전화를 했어요."

"……최갑철 의원에게요?"

"비서란 사람이 전화를 받더군요."

박상대의 비위와 관련한 기사가 작성 중이었단 사실은 그렇게 해서 최갑철의 귀에 들어간 것이었다.

똑똑.

"……사장님."

요즘 들어 광금후는 꽤나 골치가 아팠다.

조설훈과 조지훈이 어처구니없는 죽음을 맞이하고 난 뒤부터 이제 조광을 자신의 발아래 두는 건 시간문제라고 생각했는데, 얼마 전 조세화가 삼광 그룹 장손과 금일 그룹이 주최한 행사장에 함께 모습을 드러냈다는 소문이 그 귀에 들려왔다.

'지금이라도 그 꼬맹이한테 기저귀를 싸 들고 가 봐야 하나?'

조세화가 삼광 그룹의 장손과 어울려 다닌다는 이야기는 들었지만, 설마하니 이 상황에 둘이서 뭔가를 하리라는 건 광금후도 전혀 생각지도 못했던 것이다.

그것도 어디 널리고 널린 회사도 아닌, 삼광전자의 자회사이자 그 이휘철이 직접 관리하고 있다는 소문이 파다한 곳을.

똑똑.

"사장님."

분명, 여기엔 조광의 분열과 꼬일 대로 꼬인 승계 과정의 틈을 노린 이휘철의 혈육을 앞세운 개입이 있었을 것이다.

어쨌거나 조세화에겐 조성광으로부터 상속받은 막대한 지분이 있고, 삼광 측이 조세화와 무언가 사업을 벌인다면 지금의 파벌 다툼 따윈 무의미해지고 조광의 구심점은 본격적으로 조세화가 된다.

광금후로서는 지금이라도 뱀의 대가리가 되느니 용의 꼬리라도 노려봐야 하는 것이 아닌가, 하고 생각했지만 그놈의 입장이란 게 문제였다.

우선, 대가리에 피도 안 말랐을 새파란 꼬맹이 아래로 들어간다는 것부터 광금후의 자존심이 용납지 않았고, 조세화가 그 빌어먹을 조설훈의 딸이라는 것이 두 번째였다.

광금후는 지금껏 조설훈을 적대하는 입장을 취하며 나름의 세력을 불려 온 데다, 그 아들인 조세광이 대형 사고를 치고 심지어 조설훈이 조지훈과 함께 죽어 버린 이후론 그가 취했던 포지션의 재미를 톡톡히 보아 온 것이다.

그런데 이제 와서 조세화 아래로 기어들어 간다면 기껏 끌어들인 세력이 물거품이 될 텐데, 광금후는 손에 쥔 것이 모래알처럼 손가락 사이로 빠져나가는 꼴을 두고 보기 아쉬웠다.

조성광이 살아 있을 적부터, 그에게 강제로 인수합병을 당한 이후로 줄곧 와신상담을 해 왔는데, 이제 또다시 그 꼴을, 아마 이젠 두 번 다시는 없을 기회를 눈앞에서 놓치란 말인가.

'조금만 기다리면 조광이 내 손아귀에 들어올 텐데.'

똑똑.

"사장님!"

광금후는 이게 다 조성광의 노망 때문이라고 생각했다.

조성광이 그 손녀를 아끼더란 건 익히 알고 있었지만, 설마하니 조설훈이나 조지훈 같은 친아들과 같은 정도의 유산을 물려주다니.

뭐, 조성광 나름대로 조설훈을 밀어주는 것이라고 생각하면 할 말은 없지만, 아무리 그래도 촌수를 하나 건너가야 하는 손녀에게 직접 유산을 물려주도록 하는 건 형평성 측면에서 좀 그렇지 않나.

'이래서야 조세화가 실은 조성광의 늦둥이었단 소문도……'

그야 물론 허튼 소문이겠지만.

'그러고 보니 요새는 유전자 검사인가 뭔가 하는 게 있다던 데…… 애들한테 한번 알아보라고 해 봐?'

똑똑.

"사장님, 급한 일입니다!"

……그나저나 이 새끼가 아까 전부터.

광금후는 결국 줄기차게 사장실 문을 두드리는 노크 소리를 참지 못하고 신경질을 내며 왈칵, 문을 열어젖혔다.

"뭐야!"

광금후의 오른팔인 사내는 문에 부딪힌 머리를 매만지며 용건을 전했다.

"저…… 그게, 경찰이 찾아왔습니다."

"경찰?"

경찰이 여기 무슨 일이란 말인가.

그러잖아도 Y서에 대규모 감찰이 있었단 이야기는 들었는데, 그거 때문인가?

'아니, 이제 와서 무슨. 아니면 혹시…….'

광금후가 인상을 찌푸렸다.

"그걸 왜 이제 말해?"

"……."

그 문제로 줄기차게 사장실 문을 두드려 댄 부하 입장에서는 광금후의 힐난이 내심 억울했다.

"아무튼 됐고. 어디 놈들이냐?"

"광수대라고 합니다."

광수대.

광수대라고 하면 조세광이 박길태를 총으로 쏘아 죽인 걸 찾아낸, 꽤 유능한 놈들이었다.

그 '유능한' 놈들이 자신을 찾아왔다고 하니 광금후는 도둑이 제 발 저린 것처럼 입안이 바싹 마르는 걸 느꼈다.

'젠장, 그런 놈들이 여기엔 뭣 하러.'

광금후가 물었다.

"영장 갖고 왔냐?"

"예? 아뇨, 그냥 찾아왔습니다."

그냥 찾아왔다, 라.

'모르긴 몰라도 나한테서 뭔가를 떠볼 요량인가 보군.'

광금후는 사태가 파악될 때까지 시간을 벌어야겠다고 생각했다.

"나 없다고 해."

"저…… 사장님이 계시단 걸 이미 알고 있어서, 잠시 기다리라고, 악!"

무능한 놈.

광금후는 정강이를 붙잡고 끙끙대는 부하를 경멸하는 눈으로 보며 입을 뗐다.

"곧 있다 갈 테니까 안쪽으로 모셔."

"예!"

부하가 다리를 절뚝이며 물러나자 광금후는 자리로 돌아와 담배를 입에 물었다.

"……씁."

그 자리에 선 채로 연거푸 몇 모금 담배를 태운 광금후는 담배를 입에 문 채 금고 앞에 쪼그려 앉아 다이얼을 돌렸다.

'버러지 같은 놈들. 100 정도면 일단 먹고 떨어지겠지.'

그리고 금고에서 현찰 다발을 정확히 세어 본 광금후는 봉투에 현찰을 담아 품에 넣고 크리스털 재떨이에 담배를 비벼 껐다.

광금후가 회사에 마련된 응접실로 가니, 남자 셋이 기다리고 있었다.

광금후는 헛기침을 하며 넥타이를 한번 가지런히 잡은 뒤 활짝 웃는 얼굴로 응접실 문을 열었다.

"어이쿠, 기다리시게 해서 죄송합니다."

오랜 시간 건달 노릇을 해 오며 몸에 밴 처세술이었다.

"제가 일 때문에 워낙 바빠서, 허허."

광금후의 인사를 정진건이 대표로 받았다.

"아닙니다. 불쑥 찾아왔음에도 불구하고 환대해 주셔서 감사드립니다. 광역수사대에서 온 정진건 형사입니다. 그리고……."

이어지는 정진건의 소개를 들으며 광금후는 품에 넣어 둔 떡값을 쓸 일이 없겠다고 생각했다.

광금후는 뇌물이 통하는 상대와 아닌 상대를 알아보는 것쯤은 할 줄 알았다.

더군다나 오늘 자신을 찾아온 경찰은 혹을 두 개나 붙이고 왔으니, 여기서 떡값 같은 걸 언급해 봐야 본전도 못 찾을 짓이다.

'옘병, 떡값이나 노린 거라면 차라리 낫지.'

광금후는 얼굴에 미소를 띤 채 속으론 욕을 뱉었다.

하긴, 애당초 광수대라는 경찰 조직의 설립 취지 자체가 관할구역에 얽매이지 않는 수사를 목적으로 하지 않던가.

그렇게 보면 저들이 자신을 찾아온 까닭도 얼추 짐작이 갔다.

'광남파 그 새끼들.'

그러잖아도 광남파가 마약을 취급한다는 소문이 돌았던 것에 광금후는 식겁한 적이 있었다.

조성광의 생전부터 조광은 어디서 뽕쟁이 하나만 나와도 그 조직은 즉각 조성광의 눈 밖에 날 만큼 마약류 취급에는 무척 엄격했고, 이러한 기치는 조성광이 오늘내일하는 상태에서 조설훈이 실권을 장악한 뒤로도 쭉 이어졌다.

물론 그건 청정대한민국을 만들고자 하는 청운의 뜻과는 거리가 먼 것으로, 조성광은 그 출신 때문인지 예전부터 '해외 세력'이 국내에 발을 들이는 일을 경계해 왔고, 조설훈의 경우는 이제 조광이 합법적 기업으로 거듭나려는 때에 굳이 그런 일을 벌여 봐야 득될 것이 없을 거란 생각이었다.

어쨌거나 광금후 입장에선 자신이 예전부터 몰래 키워 오던 지방 떨거지 조폭이 이제 자신의 영향력을 벗어나 멋대로 움직이기 시작했다는 것에 내심 똥줄이 탔던 것인데.

'이제는 한배를 탄 몸이 되고 말았어.'

이미 그들과 수익 일부를 공유하는 광금후로서는 이걸 어떻게 할지 고민이던 차에 조성광과 조설훈, 그리고 조지훈까지 줄초상을 치러 준 덕에 안도하고 있었다.

'……그런 상황에 이건 또 웬일이냐.'

광금후는 경찰들이 광남파에 대해 물어보거든 어떻게 꼬리를 잘라 내면 좋을지 고심하며 의자에 엉덩이를 붙였다.

"그런데 국민의 지팡이께서 이런 누추한 곳에 어쩐 일이십니까?"

정진건이 사무적으로 광금후의 말을 받았다.

"다름이 아니라 광 사장님께 잠시 몇 가지 여쭙고 싶은 게 있어서 말입니다."

광금후는 벌렁거리는 심장을 진정시켰다.

"허허, 제가 아는 거라면 얼마든지."

"혹시 구봉팔 이사님과 어떻게, 잘 알고 지내는 사이십니까?"

정진건 입장에서는 작정하고 단도직입적으로 물은 것이지만.

'엥? 구봉팔?'

광금후는 형사의 질문이 생뚱맞다고 느꼈다.

그야, 지금 조광에서 구봉팔을 모르면 간첩 자격도 없다고 할 정도로 구봉팔은 화제의 중심이다.

정확히 언제부터인지는 잘 모르겠지만, 한물간 건달 취급을 받던 구봉팔은 깨닫고 보니 어느새 '이사님' 소리를 들어 가며 조광 그룹의 중앙에 진출해 있었다.

그래서 광금후 역시 구봉팔에 대해선 예의주시하는 편이었지만, '나 정도 되는 사람이 저런 어디서 구르다 온지도 모르는 놈을' 하는 얕잡아 보는 마음과 '그래 봐야 어차피 조설훈 따까리'라는 생각에 그에겐 말 한번 붙여 보지 않고 있었다.

다만, 조설훈이 사망한 지금은 조금, 인사 정도는 하고 지내도 되지 않을까, 하는 생각이 없는 것도 아닌, 그런 입장이었다.

'내 밑으로 굽히고 들어오겠다면 조금 챙겨 주지 못할 것도 없지.'

즉, 광금후는 구봉팔을 얕잡아 보며 그가 현재 어느 정도의 영향력을 갖고 있는지 자세히 알고자 하지도 않았다.

'그런데 구봉팔 그 새끼를 왜 나한테 물어?'

광금후는 속으로 의아해하면서도 일부러 허세를 부려 대답했다.

"허허, 제가 워낙 바빠서…… 그런 사람이 있단 소문만 들어보았을 뿐입니다."

모르는 척하기는.

"그렇습니까? 저희가 알기로 구봉팔 이사님은 지금 조광 그룹 내부에서 꽤 먹어 준다던데요."

정진건이 일부러 시쳇말까지 써 가며 구봉팔을 언급하자 광금후가 빙긋 웃었다.

"요새는 이래저래 이름이 알려진 모양입니다만…… 그래 봐야 구봉팔은 그전까진 뭘 하는지도 모르던, 잔심부름만 하던 사람입니다. 저는 그 심부름이 뭔지도 모르고 말입니다."

광금후는 정말 솔직하게 말한 거지만.

'응?'

정진건은 순간적으로 광금후가 구봉팔에 대해 전혀 모르는 건 아닌가, 하고 생각했다.

'아니 그래도 명색이 현재 조광에서 이렇다 할 파벌의 대표 격인 인물인데.'

게다가 일부러 '심부름'을 언급했겠다.

심지어 구봉팔이 해 오던 '심부름'이란 재단을 통해 박상대와 조광 사이에서 줄타기를, 그리고 중노위와 연결고리를 엮어 주던 것임을 경찰조차 최근에야 안 사실이었다.

'이거 만만치 않겠군.'

정진건은 그가 일부러 의뭉을 떨어 가는 걸 보니 꽤나 고단수일 거라 생각하며 광금후의 말을 받았다.

"서로 안면은 없으신 모양이군요."

"예. 제가 워낙 바쁘다 보니…… 허허."

아무리 지금 조광이 예전 같지 않다지만 이 바닥에도 서열이라는 것이 있는데, 응당 구봉팔이 선물을 들고 이쪽을 먼저 찾아와야 도리가 아니겠는가.

광금후는 그렇게 생각하며 몸을 앞으로 기울였다.

"그래서 형사님께는 몹시 죄송한 말씀입니다만, 저는 구봉팔 이사에 대해 남들이 아는 정도만 알 뿐입니다."

그렇게 말은 했지만 경찰이 광남파를 목적으로 여길 찾아오지 않은 것에 안도하는 한편, 구봉팔에 대해 물고 늘어질 기색까지 보이며 이곳을 찾은 경찰의 꿍꿍이를 몰라 광금후는 속으로 안절부절못하는 중이었다.

'혹시 구봉팔 그 새끼가 뭔가 사고를 쳤고, 경찰은 나를 이용해 그놈을 잡아 족쳐 볼 심산인 건가?'

한편 정진건은 정진건 대로, 광금후가 무척 의뭉을 잘 떤다고 생각했다.

'이거, 조금 더 세게 나가 봐야겠군.'

정진건은 광금후를 잠시 물끄러미 쳐다보다가 툭 하고 입을 뗐다.

"실은, 어디까지나 항간에 떠도는 소문이긴 합니다만, 구봉팔 이사님께 안 좋은 일이 생겼다고 들었습니다."

"그렇습니까?"

광금후는 전혀 모르는 일이라는 듯 눈을 동그랗게 떴다.

"허허, 이거 참. 회사에 불미스러운 일이 생긴 지 얼마 되지도 않았는데…… 그래, 무슨 일이 생겼습니까?"

정진건이 눈을 가늘게 떴다.

"……광 사장님께선 그 일에 대해 전혀 모르시는 겁니까?"

"흐음, 질문을 질문으로 받으시는군요. 보시다시피 저는 전혀 아는 바가 없습니다. 구봉팔 이사에게 무슨 일이 있었는지 말씀해 주실 수 있습니까?"

자신은 전혀 모르는 일이라 태연하게 잡아떼는 광금후를 보며 정진건은 속으로 혀를 내둘렀다.

'이 정도 되는 인간이 어떻게 조성광의 그늘 아래 잠자코 숨어 지냈는지, 정말 알 수가 없는 일이군.'

그렇게 서로의 오해가 깊어 가고 있었다.

"아닙니다. 못 들은 걸로 해 주십시오."

정진건의 말에 광금후가 허허 웃었다.

"저는 형사님께서 이 일로 제 도움이 필요하실 줄 알았는데요. 이야기가 여기까지 나온 마당에 저도 마냥 못 들은 척하고 넘기기엔 사람이 그렇게 얄팍하지 않습니다."

이건 도발인가, 싶을 정도로 여유로운 태도였다.

광금후가 말을 이었다.

"제가 큰 도움은 드리지 못하지만 필요한 일이 있다면 기탄없이 말씀해 주십시오."

정진건은 광금후가 지금, 구봉팔의 습격 사실이 경찰 입에서 나오길 종용하는 것이라 생각했다.

'그리고 그 일에 개입하는 명분과 책임을 우리 쪽에 돌리려는 심산이겠지.'

정진건이 고개를 저었다.

"죄송합니다만 저도 제 입장이 있는지라."

"그러시다니 어쩔 수 없군요. 그래도 충분히 이해합니다."

정진건은 광금후가 여유로운 얼굴로 고개를 끄덕이는 걸 언짢은 듯 지켜보며 말을 이었다.

"그러면 방금 도움을 주신다고 하신 말씀을 믿고 조금 더 여쭙겠습니다."

"얼마든지요."

정진건은 일부러 잠시 뜸을 들였다가 말을 이었다.

"돌아가신 조설훈 사장님과 관계는 어떠셨습니까?"

"……허허."

광금후가 빙그레 웃었다.

"질문이 조금 갑작스럽군요."

광금후는 그렇게 말하며 속으로 생각했다.

'이제 와서 새삼 조설훈 그 새끼 이야기는 왜 묻는 거지?'

조설훈을 마지막으로 본 날, 그에게 공공연히 시비를 걸었던 광금후는 혹시나 그걸 염두에 두고서 묻는 건가, 하고 생각하며 대답했다.

"솔직히 말씀드리면 그다지 원만하지는 않았습니다."

"……."

"허허, 뭘 숨기겠습니까. 고인을 마지막으로 보았던 날도 저와 조설훈 사장 사이에선 경영 문제로 논쟁이 오갔으니 말입니다. ……하지만 그건 어디까지나 조광을 위한 일이었고, 결코 사적인 감정은 없었습니다."

광금후는 조설훈과 갈등을 빚고 있었다는 걸 숨기지 않았다.

"뭐랄까, 조설훈 사장은 젊은 탓인지 회사 경영에 감정이 깃들고는 해서요. 저 같은 늙은이의 역할이란 게 그런 젊은 혈기를 식혀 주는 것이 아니겠습니까. 조설훈 사장이 그런 제 뜻을 헤아려 주면 좋았을 텐데……."

광금후가 뜸을 들였다가 말을 이었다.

"불행히도 그날 그런 일이 생기고 말았으니, 저로서는 애석할 따름입니다."

"……정말입니다."

광금후의 말을 들으며, 정진건은 순간적으로 그가 조설훈의 죽음과 무관한 것은 아닌가, 하고 생각했다.

하지만.

"그래도 불행 중 다행……이라고 말하면 죄를 짓는 기분이긴 합니다만, 영특하신 따님이 남아 계셔 주신 덕에 그룹의 앞날도 그렇게 어둡지만은 않아 보입니다."

"……."

정진건은 광금후의 말을 들으며 이 너구리가 무슨 의도로 그런 말을 뱉었는지를 곰곰이 생각했다.

'지금 여기서 조세화를 언급하다니?'

정작 광금후는 별 의미를 두지 않고 한 말이었으나 공연한 의심 암귀에 잠긴 정진건은 광금후의 말을 허투루 받아 넘기지 않았다.

"말씀을 들으니 광 사장님께서는 조세화가 선대 회장님의 상속자가 된 일을 반대하지 않으시는 것 같군요."

정진건이 신중하게 슬쩍 떠본 말을 광금후는 대수롭지 않게 받았다.

"그야 물론이지요. 제가 조설훈 사장과 사이가 좋지 않았다는 소문이 돌고 있을 거란 것쯤은 저도 인지하고 있습니다만, 아까 말씀드렸듯 거기에 사적인 감정은 없었습니다."

그거참 정석적인 답변이로군.

그 순간, 광금후가 비릿한 미소를 지으며 말을 이었다.

"더욱이 세화 양은 선대 회장님께서 친딸이 있다면 이 정도로 챙기지 않았을까 싶을 만큼 귀여워해 주시기도 했고요. 그래서 개중엔 세화 양이 선대 회장님의 늦둥이는 아니겠느냔 짓궂은 농담을 입에 담는 이도 있을 정도였습니다. 허허."

"……."

그건, 단순히 농담으로 치부하기엔 어딘지 가시가 돋친 발언으로 느껴졌다.

'……친딸?'

생각해 보면 조성광은—장손도 멀쩡하게 있는 마당에—유독 조세화를 아끼며, 심지어 조설훈과 조지훈에게 물려준 것과 같은 정도의 유산을 조세화에게 남겼을 정도였다.

'조금 알아봐야겠군.'

정진건은 생각한 바를 내색하지 않으며 광금후의 말을 받았다.

"그러시다니 광 사장님께서는 조광에 대한 애사심이 남다르신 것 같군요."

"허허, 저처럼 오랫동안 선대 회장님 곁을 보필해 온 사람이라면 응당 그러지 않겠습니까."

그러며 광금후는 슬쩍, 자신이 생각했던 '구봉팔이 뭔가 사고를 쳤나?' 하는 바를 정진건에게 떠보았다.

"그런 의미에서 보자면 구봉팔 이사도 선대 회장님께 거둬들여진 은혜를 제대로 기억하고 있으면 좋겠는데 말입니다."

"……무슨 의미입니까?"

"말 그대로입니다. 아까 형사님께서 구봉팔 이사에게 좋지 않은 일이 생겼다고 말씀하셔서요."

광금후가 말을 이었다.

"이렇게 말하면 험담을 하는 기분이라 조심스럽기는 합니다만, 말씀드렸듯 구봉팔 이사는 얼마 전까지만 하더라도 잔

심부름이나 하던 친구였습니다."

"……."

"구봉팔 이사가 그런 사람이라는 뜻은 아닙니다만, 대저 그런 사람은 갑자기 찾아온 행운을 어떻게 활용하면 좋을지 몰라 예전 제 분수를 잊고 행동하기 일쑤인 법이지요."

순간, 정진건은 광금후의 말에서 퍼즐이 짜 맞춰지는 듯한 기분을 느꼈다.

'구봉팔이 사라지고 난 뒤, 조세화의 곁 빈자리에 자신이 들어갈 의향이 있단 의미인가?'

다만 정진건은 광금후가 어떤 의도로 자신에게 그런 말을 꺼낸 것인지 몰라 당황했다.

그리고 광금후는 그런 정진건의 당혹함을 꿰뚫어 보기라도 한 양 빙그레 웃으며 의미심장한 말을 덧붙였다.

"그러니 구봉팔 이사에게 어떤 불미스런 일이 생겼다고 한다면, 그건 본인의 과오 때문이지 않을까, 하고 늙은이가 괜한 참견을 해 봅니다."

"……."

"물론 저는 형사님께서 그 일로 제 도움이 필요하다면 얼마든지 협조할 의향도 있고 말입니다."

이제 알겠군.

'혹시, 저자는 나를 통해 조설훈의 죽음에 관해 경찰의 수사가 어느 정도까지 진행되었는지를 떠보려는 것인가?'

이거, 신중해야겠다.

정진건은 의식적으로 표정을 딱딱하게 고쳐 가며 광금후의 말을 받았다.

"감사합니다만, 아까도 말씀드렸듯이 저희 입장을 이해해 주셨으면 합니다."

"허허, 왠지 제가 강요하는 듯한 모양이 된 것 같군요. 괜찮습니다."

광금후는 광금후대로 정진건이 쉽사리 넘어오지 않는 것에 속으로 혀를 찼다.

하지만 겉으로 보기엔 광금후의 얼굴엔 그럴듯한 미소만이 번져 있을 뿐이었고, 정진건은 그런 광금후의 안색을 살피며 입을 뗐다.

"……바쁘신 중에 시간을 내주셔서 감사드립니다. 마지막으로 한 가지만 여쭙고 돌아가 보겠습니다."

"이거 변변한 대접도 못 해 드렸는데……. 형사님도 바쁘실 테니 어쩔 수 없군요. 말씀하시지요."

정진건이 물었다.

"혹시, 광 사장님께서는 얼마 전, 회사 외 인력을 이용한 적이 있으십니까?"

정진건의 강행 돌파에 얌전히 자리를 지키고 있던 방승혁과 여진환은 당황하며 그를 보았다가 광금후의 안색을 살폈다.

그리고 변하지 않을 것만 같던 광금후의 표정에 균열이 생긴 걸, 그들은 놓치지 않았다.

'젠장, 이들은 광남파에 대해 알고 있는 건가?'

그 의미는 달랐지만.

광금후는 자신의 당혹감이 표정에 드러났을지 모른단 자각에 얼른 표정을 고쳤다.

"죄송합니다만 회사 방침상 경영에 대해선 말씀드리기 어렵겠군요."

정진건 일행은 신진물산 회사 건물을 빠져나와 차에 올라탈 때까지 아무런 말도 하지 않았다.

"정 형사님, 마지막 질문은 조금 성급했던 거 아닙니까?"

방승혁이 힐난의 말을 담은 건 정진건이 안전벨트를 맨 직후였다.

"죄송합니다."

정진건이 인상을 구기며 사과했다.

"저도 말하고 나서야 성급했다고 자각하고 있습니다."

"……앞으론 주의합시다."

"예."

그 와중 여진환은 어색한 분위기를 풀 겸해서 입을 뗐다.

"그런데 광금후는 왠지 아무것도 모르는 눈치였습니다 만……."

어째, 여진환이 보기에 광금후는 정진건이 생각하는 것처럼 대단한 인물로 보이질 않았기에 던진 말이었다.

그러나 정진건이 한숨을 내쉬었다.

"아니. 그렇지 않아."

방승혁이 고개를 끄덕여 맞장구를 쳤다.

"저도 한동안은 그러지 않을까 생각했습니다만, 돌이켜 보면 일부러 모른 체 의뭉을 떨었던 건 아닐까, 생각이 드는 구간이 한둘이 아니더군요."

그러며 방승혁은 속으로 방금 전에는 정진건의 마지막 질문이 성급했다고 힐난했지만, 그 마지막 질문에 대한 광금후의 반응이 아니었던들 자신조차 광금후를 별 볼 일 없는 인물로 생각하고 말았을 거란 생각을 했다.

'오히려 이쪽이 저자의 술수에 휘말릴 뻔한 것도 몇 번인가 있었던 것 같고.'

그런 두 고참의 생각과 달리, 이런 일에 별달리 선입견이 없던 여진환은 잘 모르겠단 얼굴로 머리를 긁적였다.

"그렇습니까? 저는 그가 구봉팔 습격 건도 모르는 것 같다고 생각해서……."

정진건이 고개를 저었다.

"그땐 광금후도 입장상 안다고 말할 수 없는 것이겠지. 설령 그가 구봉팔 습격을 사주하지 않았다 하더라도 경찰에게 회사 내부의 불미스런 일을 언급하면 즉시 경찰의 개입이 생기지 않겠나."

여진환은 그도 그렇겠다며 고개를 끄덕였다.

"흐음, 하긴 그건 그렇군요. 이 상황에 조광 그룹이 경찰 조사를 받기라도 한다면……."

"바로 그걸세. 아무리 이번 방문이 비공식적인 일이라지만 이번엔 서로의 입장을 헤아리지 않을 수 없는 일이었으니까."

표면상으로 구봉팔에게는 아무 일도 생기지 않은 것이며, 구봉팔이 어떤 폭력 사건에 휘말렸다면 이를 인지한 경찰 입장에서는 조사에 들어가지 않을 수 없다.

"어쨌건 호락호락한 인간이 아닌 건 알 것 같습니다."

방승혁이 말을 이었다.

"마음 같아선 지금이라도 영장을 발부해서 출금 내역을 알아보고 싶을 정도로요."

"하하…… 그런 흔적이 남게끔 일을 허투루 처리하지는 않을 것 같습니다만."

정진건의 말에 방승혁은 그도 그런가, 하며 뒷좌석에 등을 붙였다.

정진건이 차를 출발하고 얼마 지나지 않아 여진환이 입을 뗐다.

"만약 저희 생각대로 광금후가 조설훈의 죽음에 개입해 있다고 한다면, 그는 이 상황을 어떻게 끌어갈 생각인 걸까요?"

정진건이 대답했다.

"아마 조세화를 이용하려 하겠지."

"이를테면 섭정 정치를 하듯 말입니까?"

"음, 아마 그렇지 않겠나? 게다가……."

정진건은 생각한 바를 입 밖에 내려다가 고개를 저었다.

"아니, 아무것도 아니야. 일단 광수대로 돌아가 정보를 취합하기로 하지."

"……예."

여진환은 정진건이 무슨 말을 하려다 말았는지 궁금했지만, 굳이 물어보지는 않았다.

'나중에 말씀해 주시겠지.'

한편, 정진건은 운전대를 쥔 채 속으로 생각했다.

'광금후는 조세화가 조성광의 친딸일지도 모른다고 했던가.'

생각해 보면, 조세화를 향한 조성광의 애정은 단순히 손녀를 향한 그것보다 각별한 듯 느껴졌다.

그리고 정진건은 아니 뗀 굴뚝에 연기 나지 않는다고, 광금후가 그 조손 관계를 일컬어 단순한 농담을 했다는 생각은 들지 않았다.

'그렇게 본다면 조세화가 조성광의 유산을 상속받은 건 조

성광의 변덕이거나 그가 조설훈에게 힘을 실어 주기 위한 것
이라고 볼 근거는 없지.'

오히려 조성광이 정녕 조설훈에게 힘을 실어 주기로 작정
한 것이라면, 처음부터 조설훈에게 더 큰 상속 지분을 넘겨
주어도 될 일이었다.

'하지만 조성광은 그러지 않고 구태여 조세화에게 동일한
정도의 상속 지분을 넘기는 번잡한 방식을 택했어. 그리고
그것도 조성광이 아닌 조세화에게 넘긴다는 방식으로……'

만약, 정말로 만에 하나 조세화가 조성광의 늦둥이라고 한
다면, 그 사실을 알고 있을 사람은 누구일까?

'가족.'

직접 조세화를 품었을, 조세화의 모친.

그리고 그 조세화의 모친을 후처로 들인 조설훈 본인.

어쩌면 그 일에 대해 알고 있을 형제인 조지훈까지.

'……만약 그런 거라면 꽤 골치 아프게 됐군.'

정진건은 아무래도 이번 역시 양상춘의 도움을 받아야 할
것 같다고 생각했다.

정진건 일행이 돌아가고 난 뒤, 광금후는 얼른 사장실로
돌아갔다.

'제길, 짭새 놈들이 냄새를 맡은 거 같은데.'

의자에 앉아 연거푸 담배를 태워 대던 광금후는 잠겨 있던 서랍을 열어 대포폰을 꺼내 동봉한 수첩을 뒤적여 전화를 걸었다.

뚜르르.

몇 차례 신호가 갔지만 상대는 전화를 받지 않았다.

'빌어먹을!'

그리고 광금후가 신경질을 내며 핸드폰을 책상에 던져 놓자마자 우우웅, 매미가 죽기 직전 아스팔트 위에서 몸을 떨어대듯 핸드폰이 울려 댔다.

광금후는 얼른 몸을 기울여 전화를 받았다.

"어이."

이 대포폰의 번호를 알고 있는―애당초 상대는 광금후로 하여금 대포폰을 만들어 두는 게 어떻겠냐고 권한 인물이기도 했다―인물이라곤 한 사람뿐이었으므로, 광금후는 다짜고짜 반말로 전화를 받았다.

"이게 어떻게 된 일이야?"

―아, 광금후 사장님.

반면 상대는 느긋한 태도로 전화를 받았다.

―그간 별고 없으셨습니까?

"내가 너한테 아무 일도 없이 전화했을 거 같나?"

광금후는 의식적으로 목소리를 낮춰 말을 이었다.

"방금 경찰이 다녀갔다고."

—······흠.

상대는 잠시 뜸을 들였다가 말을 이었다.

—혹시 영장을 들고 왔습니까?

"그랬으면 너랑 통화하고 있을 리가 없지. 그냥 형사 몇 명이 찾아와서 몇 가지 질문만 하고 갔을 뿐이야."

—그랬군요. 어떤 질문이었습니까?

광금후는 기억을 더듬어 정진건과 나눈 대화를 그에게 전했다.

—그랬다면 크게 염려할 거 없군요.

"뭐?"

—만일 경찰이 저희와 사장님의 관계를 의심한 거라면 이런 방식이 아닌, 다른 방법을 택했을 거니까요.

상대의 태연자약한 말을 들으며 광금후는 '내가 이 새끼를 믿어도 되나?' 하고 생각했다.

'따지고 보면 지금 상황도 다 이놈 말을 들어서 생긴 일인데.'

마음 같아서는 전화기에 대고 한바탕 욕설을 쏟아 내고 싶었지만 광금후는 그런 기분을 꾹 눌러 참으며 입을 뗐다.

"그러면 자네는 경찰이 오늘 무슨 일로 나를 찾아온 거라고 보나?"

—정진건이란 형사가 사장님께 구봉팔에 대해 물었다고 했죠?

"그래."

-그것과 관련해서 꽤 흥미로운 소문이 있는데…… 혹시 모르십니까?

광금후가 신경질적으로 대답했다.

"너랑 스무고개 같은 걸 할 시간은 없어."

-아, 죄송합니다.

상대는 하나도 죄송하지 않다는 투로 대답했다.

-뭐, 저도 그렇게 한가하지는 않으니 간략히 말씀드리자면…… 소문이기는 합니다만 며칠 전 괴한들이 구봉팔의 사업장을 습격했다고 하더군요.

"……엥?"

-그리고 그때 구봉팔은 치명상을 입고 사경을 헤매고 있으며, 구봉팔의 부하들이 여기저기 양아치들에게 일을 맡긴 사람을 찾아다닌다고 하는 소문입니다.

요즘 시대에 사업장을 공격한다니 간이 배 밖으로 나왔든가, 아니면 어디에도 써 먹지 못할 멍청이든가, 둘 다이든가라고 광금후는 생각했다.

"그거 확실한 건가?"

-말씀드리지 않았습니까. 소문이라고요.

"뭐……."

-다만 그게 마냥 근거 없는 소문은 아닌지, 이후 며칠째 구봉팔은 출근도 하지 않으며 주변에 모습을 비추지 않고 있다고 합니다.

"……흠."

이거 참.

다른 상황이라면 광금후도 쾌재를 불렀겠지만, 지금은 그럴 상황이 아니었다.

즉, 이런 내용인 것이다.

"그래서, 경찰은 지금 그 일을 내가 저질렀을 거라 생각하고 찾아온 거다?"

─확답은 못 드리겠군요.

만약 그런 거라면 꽤 열불이 나는 내용이다.

자신이 하지도 않은 일에 누군가 혐의를 두고 있는 거라면 당연히 불쾌한 기분만 들 뿐이니까.

─하지만 생각해 보면 썩 나쁜 내용은 아닌 거 같습니다.

그 말에 광금후는 담뱃불을 붙이다 말고 인상을 찌푸렸다.

"그건 또 뭔 개소리냐?"

─이건 달리 말하면 사장님이 조광 내에서 차기 실세로 거론 중인 인물이란 의미와도 상통하지 않겠습니까?

그게 무슨, 이라고 받아치려던 광금후였지만 어째, 귀가 솔깃하긴 했다.

"자세히 말해 봐."

─아, 죄송합니다만 지금은 저도 바쁜지라…….

"깡패 새끼가 바쁘면 얼마나 바쁘다고."

─……하하, 이쪽도 그럴 만한 사정은 있기 마련이어서요.

상대가 말을 이었다.

—지금 구봉팔이 사라지면 가장 득 볼 사람이 누구겠습니까?

"……하."

광금후도 이 바닥에서 구른 세월이 있다 보니, 이 정도로 떠먹여 주면 얼추 알아먹는 것도 있는 것이다.

현재 조광 그룹에서는 어떡하면 조세화를 이쪽으로 끌어 들일 수 있는가, 하는 눈치싸움이 한창인 가운데, 지금 조세 화와 가장 가깝다고 여겨지는 것이 구봉팔이었다.

구봉팔에 대해 별로 개의치 않던 광금후 역시도 그 정도쯤 은 알고 있었다.

'다만……'

광금후는 이 사이에 낀 이물질처럼 무언가, 마냥 기껍게 받아들이기 힘든 위화감을 느꼈다.

그래서 광금후가 입을 떼려고 할 때 상대의 말이 먼저 이 어졌다.

—지금 사장님께서 하실 일이라면 누구보다 빨리 조세화를 찾아가 그 녀를 손에 넣는 거겠죠. 저한테도 그 소문이 들려왔을 정도면 다른 사람 들은…… 아시겠죠?

하긴, 그 말도 맞다.

광금후는 지금 자신이 해야 할 일은 남들보다 빠르게 조세 화를 손에 넣는 것이라고 생각했다.

"알겠으니 끊어. 오늘은 꽤 바쁘게 움직여야 할 테니까."

—예, 그렇겠군요.

"아, 그리고."

–말씀하십시오.

"그쪽은 정말로 아무 문제도 없겠지?"

상대는 잠시 뜸을 들였다가 대답했다.

–물론입니다. 모든 게 계획대로 잘 풀리고 있거든요. 걱정 붙들어 매십시오.

광금후는 고개를 끄덕여 전화를 끊은 뒤, 핸드폰 전원을 끄고 수첩과 함께 서랍에 집어넣은 뒤 열쇠로 잠갔다.

"밖에 누구 없냐!"

광금후가 소리치자 바깥에서 대기하고 있던 부하가 얼른 문을 열고 들어왔다.

"예, 사장님."

"한동안 일정 잡혀 있던 거 다 취소해."

"예? 그러면…….."

"됐으니까 시키는 대로 해라. 그리고…….."

광금후는 잠시 생각하다가 목소리를 낮춰 말을 이었다.

"문 닫아."

"예."

부하가 문을 닫자 광금후가 말을 이었다.

"믿을 만한 애들 몇 놈 시켜서 구봉팔 쪽 조사 좀 해 봐."

"구봉팔이면…….."

"쓥."

광금후가 담뱃불을 붙인 뒤 입을 뗐다.

"어느 미친놈이 구봉팔을 공격했단다."

"아."

"뭐야, 알고 있었냐?"

원래 소문이란 건 높으신 분들보다 아랫사람들이 더 잘 아는 법이지만, 광금후의 지랄 맞은 성격을 잘 알고 있던 부하는 시치미를 뗐다.

광금후 성격에 '시키지도 않은' 불쾌한 이야기를 전했다간, 책상에 놓인 크리스털 재떨이가 어딜 겨누고 날아온다는 것쯤은 경험으로 알고 있었던 것이다.

"아뇨."

"새끼…… 아무튼 그렇게 됐으니까 애들 풀어서 어떻게 된 일인지나 좀 알아봐."

"예."

"그리고 그 일을 벌인 놈이 어떤 놈인지도 알아보고."

"분부대로 하겠습니다."

"이제 나가 봐."

부하를 돌려보낸 뒤, 광금후는 픽 웃으며 담배를 마저 태웠다.

'그러면 이제 조세화를 만나 볼 때인가.'

아마 그 꼬마 계집아이는 어찌할 바를 몰라 엉엉 울며 불안에 떨고 있으리라.

'꼬맹이한테서 뭔가를 **빼앗는** 것쯤은 그야말로 식은 죽 먹기지.'

정진건 일행이 광수대 임시 사무실로 복귀했더니 강하윤이 먼저 도착해 서류를 끼적이고 있었다.

"오셨습니까."

"음."

정진건은 요한의 집에 다녀온 강하윤의 표정을 보며 뭔가 일이 잘 안 풀렸나, 하고 생각했다.

강하윤의 경우, 일이 잘 풀리지 않기는커녕 계획대로 일이 잘 풀린 케이스였지만, 그 일에 대해 감정적으로 힘들 뿐이었다.

특히 떠나오는 길에 우두커니 서서 물끄러미 눈으로만 배웅할 뿐이던 양춘자의 모습이 눈에 박힌 것처럼 아직도 아른거렸다.

정진건은 잠시 그런 강하윤을 쳐다보다가 고개를 돌려 여진환을 불렀다.

"여 형사가 검사님을 모셔오겠나?"

"아, 옙."

그러자 방승혁이 눈치껏 끼어들었다.

"저도 함께 가시죠. 잠시 챙겨올 서류도 있고요."

"예."

두 사람이 자리를 뜨고 나자 정진건이 강하윤에게 말을 건넸다.

"혹시 일이 잘 안 풀렸나?"

"예?"

강하윤은 당황하며 대답했다.

"아닙니다. 성과가 있었습니다."

"그래?"

그제야 강하윤은 자신의 심란함이 겉으로 드러나 정진건에게 걱정을 끼쳤다는 걸 자각하곤 얼굴을 붉혔다.

"예. 차차 보고드리려고 했습니다만……."

"그럼 해 보게."

"예, 선배님."

그런 일을 일부러 언급하지 않는 정진건에게 감사하며 강하윤은 요한의 집에서 있었던 일을 보고했다.

"결국 최갑철 측에 정보를 흘린 건 양춘자 본인이었군."

정진건의 말에 강하윤이 고개를 끄덕였다.

"예. 하지만 양춘자 씨가 예전부터 최서연 씨를 알고 지내던 것은 아니었고, 말씀드렸듯 최갑철 의원실로 직접 전화를 건 것이라고 합니다."

그러며 강하윤은 양춘자가 최서연을 일컬어 '여우같은 여자' 운운하며 험담했던 걸 보고해야 할지 망설이다가 관뒀다.

어쨌건 중요한 건 최갑철이 중우일보를 통해 박상대의 비위가 폭로될 것이란 사실을 먼저 알고 있었는지의 여부였고, 그 기사의 검열에 최갑철이 개입했다는 사실 그 자체였으므로.

"그러면 최갑철 측에서는 당시부터 가능한 한 박상대를 비호하려 했단 것이 되는데……."

"예, 그런 것 같습니다."

사실 해당 내용은 이성진이 양상춘이며 조세화와 운락정에서 있었던 일을 말하며 공유가 끝난 내용이었지만, 강하윤은 그 전에 양상춘으로부터 '이쯤에서 빠져 달라'는 말에 빠져 있었기에 그런 일이 있었다는 건 알지 못했다.

정진건 또한 얼마 전 슬럼프를 극복하는 과정에서 양상춘을 따로 만나 최서연에 대한 이야기는 나누었지만, 그때 양상춘은 이성진에게 들은 '운락정' 이야기는 일부러 언급하지 않았다.

그도 그럴 것이 운락정에는 안기부가 개입된 것 같단 정황이 있었으니, 양상춘의 생각에는 정진건의 성격상 뒤돌아보지 않고 그쪽을 들이받을지도 모른다는 걱정도 있었던 것이다.

어쨌건 최갑철 측이 기사 검열에 개입했을지도 모른다는 정보는 그들 입장에도 꽤 가치 있는 성과였다.

이는 그 자체가 범죄일 뿐만 아니라, 최갑철 측이 당시부터 박상대의 약점이 드러나는 걸 무척 꺼림칙하게 여기고 있었단 정황이기도 했기 때문이었다.

그리고 박상대라고 하는 패를 더 이상 써먹지 못하게 된 시점에 이르러서는 조설훈이 그 아킬레스건이 될지도 모를 유착관계를 알고 있다면, 최갑철 측에서는 그 입막음에 이르는 모종의 수단을 발휘할 사유도 있을 것이다.

'어쩌면 단순한 비약에 불과한 걸지도 모르지만.'

최서연이 요한의 집을 인수하게 된 과정 역시 그런 것과 연관이 있을지도 모르는 일이라면…….

여기서 '그렇다고 그게 사람을 죽여 가며 챙길 일인가' 하는 것이 무의미한 가정이라는 건 경찰 모두가 알고 있었다.

실수로 범죄를 저지른 것이 아닌 한, 범죄자의 사고방식은 모순되고 뒤틀려 있기 일쑤라, 그들은 목적에 이르는 수단을 강구하는 것에 얼마든지 극단적인 선택도 할 수 있는 부류였다.

"저, 선배님. 그러면 광금후 쪽은 어떻게 되었습니까?"

강하윤의 말에 정진건이 문 쪽으로 발걸음을 옮기며 대답했다.

"이쪽도 성과가 있었네. 그러니 사람이 모이거든 이야기를 해 보지."

그러며 정진건이 문을 열어젖히자, 복도에는 박강호와 여진환, 방승혁 세 사람이 어색한 자세로 서 있었다.

"아, 노크 직전이었는데요."

박강호가 어색하게 웃으며 한 말에 정진건은 무뚝뚝한 얼굴로 고개를 끄덕였다.

"그러실 것 같더군요. 들어오시죠."

"흠, 흠. 예."

구태여 강하윤의 감정 정리가 끝나길 기다려 주다니, 다들 사람이 좋았다.

5장

수사팀원들이 자리를 잡자 박강호가 입을 뗐다.

"그러면 우선 광금후 건부터 정리해 봅시다. 정 형사님, 광금후 쪽은 어땠습니까?"

정진건의 구두 보고를 들은 박강호가 고개를 끄덕이며 중얼거렸다.

"흠, 표면상으로는 구봉팔 습격 사실을 모른다는 식으로……."

"예. 하지만 그가 거짓말을 하고 있을 가능성도 염두에 두어야 한다고 봅니다."

"그것도 감안은 해야겠지요."

피의자가 거짓 진술을 하는 건 이 바닥 종사자들에게 드문 일도 아니었다.

박강호가 방승혁을 보았다.

"방 계장님은 어떻게 보셨습니까?"

정진건의 말을 신뢰하지 않아서가 아니라, 자연스런 교차 검증의 절차였다.

"무언가 감추는 기색은 보이더군요. 저도 광금후가 정 형사의 마지막 질문에 동요하는 기색은 읽었습니다."

"계좌 추적이 필요해 보입니까?"

박강호의 말에 방승혁은 힐끗 정진건을 보았다가 대답했다.

"그가 사람 죽이는 일로 돈을 썼다면 계좌로 흔적이 남을 만큼 허투루 관리했을 거 같지 않다는 것이 정 형사의 견해였습니다. 저 또한 그 말씀에 동의합니다."

박강호는 그 말을 들으며 그도 그렇겠단 생각을 했다.

계좌 추적에는 법원의 영장 발부가 필요했고, 광금후에게 명시적인 혐의가 없는 지금 시점에선 자칫 긁어 부스럼이나 만들 여지도 다분했다.

"여 형사가 보시기에는요?"

"아, 저는……."

여진환은 괜스레 자신의 의견을 말해도 되나 싶어 하며 정진건을 힐끗 쳐다보았지만, 정진건이 고개를 짧게 끄덕이자 마지못해 하며 입을 뗐다.

"어디까지나 직감입니다만…… 저는 광금후가 그렇게 대단한 사람으로는 보이지 않았습니다."

"그래요? 왜죠?"

"말씀드렸다시피 직감일 뿐입니다."

여진환이 어깨를 움츠렸다가 폈다.

"광금후에게는 조광을 손에 넣고 싶다는 야망은 있어 보였습니다만, 그렇다고 딱히 구봉팔을 의식하는 것처럼 보이지는 않았습니다."

그러며 여진환은 '어디까지나 직감입니다.' 하고 했던 말을 덧붙였다.

박강호는 그런 여진환을 보며 고개를 끄덕인 뒤 입을 뗐다.

"괜찮습니다. 어느 한 사건을 두고 의견이 갈리는 건 왕왕 있기 마련이고, 저희들 역시 억울한 피해자를 만들지 않기 위해서라도 응당 무죄 추정의 원칙은 고수해야 하는 법이죠. 여 형사의 말씀은 저희에게 꼭 필요한 의견이었습니다."

듬직한 손위형제처럼 말하는 박강호의 공치사에 여진환은 멋쩍어 하며 머리를 긁적였다.

박강호가 정진건을 보며 말을 이었다.

"다만 그 일로 정 형사님께서는 하고 싶은 말씀이 있는 것 같은데요."

"예."

정진건이 대답했다.

"저는 광금후가 조세화와 조성광과 관련해 말했던 내용에 주목할 필요가 있다고 보았습니다."

박강호가 눈을 가늘게 떴다.

"그거라면 혹시…… 조세화가 조성광의 딸일지도 모른다는 내용 말씀입니까?"

"예. 그 소문은 저희 쪽에서 한번 면밀히 알아볼 필요가 있다고 생각합니다."

"왠지 가십거리도 안 되는 소문에 휘둘리는 건 아닌지 모르겠습니다만."

방승혁이 끼어들었다.

"아닙니다. 저도 그 말을 듣고 생각난 게 있었습니다."

"그래요?"

"조금 소문이 섞여 있긴 합니다만."

그렇게 운을 뗀 방승혁은 예전에 김보성과 함께 조설훈의 신변 조사를 하며 알아낸 정보를 끄집어냈다.

우선 조설훈의 부인은 그가 이혼 후 맞이한 아내로 조세광의 계모이자 조세화의 친모였다.

그리고 소문에 의하면 조설훈이 다시 장가를 가 얻은 부인은 소위 '속도위반'을 하여 조세화를 배었단 이야기가 있었는데, 실제로 그녀는 조설훈과 결혼한 지 1년이 되지 않아 조세화를 출산했다고.

그뿐이면 모르겠지만 그렇게 새 장가를 들어 혼인한 부인과 조세화의 사이는 마치 서로 남 대하듯 원만치 않았고, 조설훈 또한 그 아들인 조세광을 대하는 것과 대조적으로 조세화에겐 데면데면했다는 것이다.

"그리고 조세화의 모친이 예전에 무슨 일을 했는지는 명확히 알 수 없었습니다만, 한 가지 분명한 건 그녀의 집안이 어느 정치인이나 기업과도 연관이 없었다는 겁니다."

평소 진지한 방승혁의 입에서 아침 드라마에서나 나올 법한 이야기가 나오는 것에 일동은 당황하며 그 이야기를 들었지만, 방승혁은 아랑곳하지 않으며 말을 이었다.

"어쨌건 조성광이 생전에 조세화를 어떻게 대했는지는 좀 더 뚜렷한 소문이 많았습니다. 그도 그럴 것이 조세화를 두고 조성광이 늦둥이로 본 딸이란 소문이 나돌 정도니까요."

"그……렇습니까."

이런 이야기에 별달리 면역이 없는 박강호는 난색을 표하며 마지못해 고개를 끄덕였고, 그런 박강호를 대신해 정진건이 거들고 나섰다.

"실제로도 조성광의 유언장은 조세화를 조설훈과 조지훈이 상속받은 것과 같은 정도의 상속을 지시했습니다. 저는 왠지 그게 조성광이 유독 조세화를 아꼈기 때문이 아닌, 조세화가 조성광의 친딸이기 때문에 취한 조치가 아니었을까 생각합니다."

"흠……."

박강호가 머리를 긁적였다.

하기야, 만약 소문이 사실이라면 이번 조세화가 상속받은 유산도 아주 근거 없이 생뚱맞은 해프닝은 아닌 것이다.

그렇다면 그 사실을 미리 알고 있는 '누군가'에게 이러한 정보는 활용하기에 따라 그 가치가 천차만별이 되고, 광금후가 그런 사람 중 한명이라면 그가 조설훈에게 공공연한 시비를 들었던 것도 납득이 간다.

자고로 재벌 회장의 숨겨 둔 자식이란 건, 분란의 씨앗이 되는 시발점이니까.

'다만 문제는⋯⋯.'

박강호가 물었다.

"만에 하나 그게 사실이라 하더라도, 그걸 증명할 방법이 있을까요?"

만약 조세화가 조성광의 친자라고 한다 할지라도, 그걸 증명해 낼 조성광이나 조설훈은 이미 죽고 없는데.

정진건은 그런 질문이 나오길 예상했다는 듯 곧바로 대답했다.

"유전자 검사에 대해선 박강선의 유전자 검사 때 저도 조금 주워들은 게 있습니다만."

박강호가 손가락을 튀겼다.

"아, 혹시 양상춘 박사란 분 말씀입니까?"

"예."

당시 양상춘은 정진건에게 유전자 검사의 이론적 원리에 대해 한참을 떠들어 댔고, 정진건은 그 이론을 이해하지는 못했지만 유전자 검사라는 것이 얼추 어떤 방식으로 이루어지는가에 대해선 기억하고 있었다.

　"만약 필요하다면 현재 구속 수감 중인 조세화의 이복 남매를 통해 그 일치 여부를 따져 볼 수도 있을 겁니다."

　"조세광 말이군요."

　"예. 만일 소문이 사실이라면 이복 남매라 할지라도 조세광과 조세화 사이에는 유전자 검사 결과에 차이가 있을 겁니다. 조세광에게는 조설훈이 기여한 유전자 정보가 있을 테지만 조세화에겐 조설훈의 유전자 정보가 없을 테니까요."

　하긴, 설마하니 조세광마저도 조설훈의 친자가 아니었단 식의 막장 드라마는 나오지 않을 테니까.

　그리고 검사 결과 조세광과 조세화가 이복 남매조차 아니었단 사실이 밝혀진다면 그 순간부터 조세광과 조세화는 조카와 고모 사이로 바뀌게 되리라.

　그 대목에서 강하윤이 손을 들었다.

　"아뇨, 저는 반대합니다."

　모두의 시선이 강하윤에게 모였다.

　"왜지?"

　"그야…… 그랬다간 세화가 상처를 받지 않겠습니까?"

　아.

지극히 타당한 말에 박강호가 고개를 끄덕였다.

"그도 그렇겠군요. 그러려면 조세화 본인의 동의도 필요한 일인 데다가……."

얼마 전 사랑하던 조부와 부친(그리고 삼촌까지)을 잃은 조세화에게 '어쩌면 조설훈은 네 친부가 아닐지도 모른다'는 내용은 전달하는 것만으로도 부담이 될 일이었다.

"……그 조사 결과가 어떻든 과정만으로도 그 파장은 조광, 나아가 대한민국 전체에 퍼질지 모를 스캔들이 될 것 같으니 말입니다. 아직 중학생에 불과한 조세화에게 그런 부담을 지우는 건, 저도 동의하지 않습니다."

"……예."

정진건도 그제야 자신이 목적을 위해 수단을 도외시했단 자각에 부끄러워했다.

박강호가 중얼거리듯 말을 이었다.

"다만 그러한 소문이 있다는 것에 저희는 '아니 뗀 굴뚝에 연기나랴.'는 속담을 기억할 필요가 있겠군요. 누군가에겐 그 소문을 담보로 조성광의 사후 벌어질 조광 그룹 동향에 도박수를 걸 만한 일임은 분명하니 말입니다."

그도 그럴 것이—얼마 전 강하윤이 김보성에게 상담한 내용과 겹치지만—조세화에게 조성광의 유산이 지급된다면 그 유산은 상속 대상자인 조설훈과 조지훈의 사후에도 분해되는 일 없이 (상속세를 제외하고)고스란히 조세화에게 돌아가게 되니까.

그렇게 된다면, 박강호의 말마따나 누군가는 이 정보로 이득을 볼 수도 있을 것이다.

박강호가 정진건을 보았다.

"그러면 일단 그 소문이 사실이라고 가정할 경우, 여기서 광금후는 제외하고 그 내용을 알고 있을 만한 인물은 누가 있을까요?"

그 질문에 정진건은 문득 이성진을 머릿속에 떠올렸다.

'만약 이성진이 처음부터 이 사실을 알고 있었다면…….'

실제로 이성진은 예전부터 조세화와 가까이 지내며, 현 시점에 이르러선 조세화의 상속분을 '가장 잘 활용하는' 인물이었다.

'……아니, 그럴 리 없지.'

이성진에게 조설훈 살해의 혐의가 없다는 건, 이미 양상춘이 증명해 내지 않았던가.

이성진을 마냥 또래 꼬맹이로 보지 않는 정진건 역시도 이성진이 사람을 죽여 가면서까지 자신의 이득을 도모할 인물은 아니라고 생각했다.

'그렇지만 그것과 별개로 조세화와 사업 구상은 예전부터 한 듯한데…….'

만약 이성진이 처음부터 이 모든 걸 알고서 획책한 것이라면 그야말로…….

"정 형사님?"

"아, 죄송합니다."

정진건은 박강호의 말에 퍼뜩 상념에서 깨어나 앞서 질문에 대답했다.

"일단 가족…… 그중 조설훈과 그 부인만큼은 확실히 알고 있지 않을까 합니다."

"그렇겠죠. 사망한 상태이긴 합니다만 부친과 형제의 일이니 조지훈 역시도 알고 있었을 수도 있고요. 그런데 조설훈이 이런 사실을 알고서도 가만히 있을 만한 인물이었을까요?"

그 말에 여진환이 어깨를 으쓱였다.

"조설훈 입장에서는 별로 상관없지 않을까요? 어쨌거나 대외적으로 조설훈은 조세화의 친부인 데다가…… 조세화도 자신이 상속받은 지분에 당황하긴 했겠지만 결국엔 부친에게 힘을 실어 주려 했을 테니 말입니다. 오히려 조지훈 쪽이 그 사실을 알고 있었다면 그거야말로 꽤 곤란했을 겁니다."

여진환의 말은 꽤 타당했다.

만약 조세화에게 유산 3분의 1이 간다면, 나름대로 파벌을 꾸리고 있는 조지훈은 그 즉시 힘을 잃을 것이고, 조지훈에게 그럴 야망이 있다면 차라리 이 스캔들을 폭로해서라도 조설훈 독주 체재를 가로막아 보려 할 테니까.

그러니 조설훈이 조지훈을 살해하였거나, 현재 경찰 조사 결과대로 조지훈이 조설훈을 납치 살해한 것엔 '단순한(?) 형제 싸움' 같은 것보단 설득력 있는 이유가 생길 것이다.

그런 의미에서 보자면 이번에 제기되기 시작한 조세화의 출생과 관련된 스캔들은 박강호의 말마따나 어느 누군가에게 알려지는 즉시 대한민국 전체를 떠들썩하게 만들 사건으로 번질 여지가 다분했다.

"그리고."

여진환이 말을 이었다.

"구태여 조세화에게 상처 주지 않고, 그 모친에게 진위 여부를 묻는 것도 가능하지 않을까 합니다만."

"……일리는 있지만 그분이 저희에게 사실대로 말할지도 모르는 데다가, 접근하는 것도 쉽지 않을 것 같군요."

박강호의 말에 여진환은 멋쩍은 듯 머리를 긁적였고, 박강호는 그런 여진환에게 지어 준 미소를 거두며 말을 이었다.

"그렇게 되었으니 조세화와 관련한 건은 '검증할 수 없는 가설'로 두고 일을 진행해 보겠습니다."

때론 가혹하기만 할 뿐인 진실보다 더 중요한 것도 있기 마련이니까.

"그럼 광금후 쪽은 한동안 그 동태를 예의 주시하는 것으로 진행하고……. 다음은 강 형사님 쪽의 견해를 들어 볼까요."

강하윤은 기다렸다는 듯 고개를 끄덕였다.

"예. 오늘 요한의 집에 갔던 일은……."

그 시각 양상춘은 일산출판사에 자리 잡은, 현재로선 그만이 유일한 온라인 사업부 사무실에서 곽성훈 및 조인영과 미팅 중이었다.

조인영은 얼마 전 이성진에게 의뢰받은 프로그램의 선행제품을 설치하러 온 것이었고, 곽성훈은 이번에 발족한 온라인 사업부의 인원 충당을 상의하고자 그를 찾은 것이었는데.

'조금 어색하군.'

아무리 양상춘이라고 해도 이렇게 새파란 젊은이들을 업무적으로 마주하는 것이 마냥 편안하지만은 않았다.

게다가 곽성훈은 잠시 통화 좀 하고 오겠노라며 사무실을 나간 상태에서 조인영은 컴퓨터를 붙들고 앉아 새카만 도스화면 위에 기판을 두들겨 대기만 했다.

사실 이번이 초면이긴 하지만 양상춘은 조인영에 대해 이미 알고 있었다.

언젠가 정진건은 그에게 조인영이라고 하는 관찰 대상 청소년을 이성진이 직접 스카우트했다는 이야기를 들은 적 있었고, 정진건은 조인영이 예의 요한의 집 출신이라는 것도 말했다.

그래서 양상춘은 조인영의 자신이 누구란 소개를 듣자마자 그가 정진건이 말한 바로 그 사람임을 알아챘으나 사교적인 성격과 거리가 먼 양상춘은 구태여 알은체를 하지 않았다.

'그렇기는 해도 지금처럼 피차가 어색한 상황에선 알은체를 해 두는 게 좋지 않았을까 싶기도 한데.'

당시에는 이 자리도 어디까지나 업무상의 만남이라 그 필요성을 느끼지 못했지만, 실무자 중 한 사람인 곽성훈이 조금 오래 자리를 비우니 둘 사이에선 아무 대화도 오가지 않았다.

'뭔가 아무 말이나 붙여 봐야 하나.'

위장 낙하산이기는 해도 엄연히 사회인 행세를 해야 하는 처지인데, 여기선 손위 어른이 먼저 대화의 물꼬를 풀어 주는 것이 좋지 않을까.

양상춘이 그답지 않은 고민을 하고 있을 때 조인영이 슬쩍 고개를 돌려 먼저 입을 뗐다.

"저, 팀장님. 설치 마쳤습니다."

"아, 그래요? 수고했습니다."

양상춘은 의자를 끌고 조인영 곁으로 갔다.

조인영은 양상춘이 곁으로 오길 기다렸다가 말을 이었다.

"저희 사장님께 들으니 팀장님께서 컴퓨터를 다룰 줄 아신다고요."

"예, 조금은요."

이 시대, 양상춘 나이대의 사람 중엔 컴퓨터 부팅도 할 줄 모르는 사람이 태반인 상황이니 조인영도 별 기대는 하지 않는 눈치였다.

"최대한 직관적으로 프로그램을 만들기는 했습니다만 그래도 기초적인 것 몇 가지는 알아 두실 게 있거든요. 일단⋯⋯."

처음엔 최대한 눈높이를 낮춰 설명하던 조인영은 양상춘이 자신이 생각하던 것 이상으로 이야기를 알아듣자 조금 놀란 눈치였다.

"잘 아시는데요?"

"뭐, 이래저래 컴퓨터 만질 일이 조금 있어서."

그러며 양상춘은 자신이 유학 시절부터 컴퓨터를 만져 왔고, 한때는 맥킨토시도 사용해 본 적 있단 이야기가 나오기 시작하자 양상춘이 우려하던 '대화의 물꼬'는 금세 풀렸다.

그래서일까, 곽성훈이 꽤 길어진 통화를 마치고 머쓱한 얼굴을 하며 사무실로 돌아왔을 때 둘 사이에선 이미 꽤 열띤 토론이 벌어지고 있었다.

"그러니까 만약 삼광전자 측에서 마이크로소프트가 아닌 애플의 손을 들어주었다면⋯⋯. 아, 형 왔어요?"

곽성훈 특유의 사교술 덕택인지, 조인영은 그와 만난 지 얼마 되지 않았음에도 벌써부터 형 동생 하는 호칭으로 서로를 불렀다.

"응."

곽성훈이 고개를 끄덕인 뒤 양상춘에게 미안하단 듯 미소를 지었다.

"죄송합니다. 통화가 길어졌습니다."

"아니, 괜찮습니다."

실제로 조인영과 이야기를 하다 보니 곽성훈의 통화가 길었단 체감 시간도 짧았고, 오히려 그 통화가 '필요 이상'으로 길었단 것조차 그 사과를 듣고서야 자각할 수 있었다.

"프로그램 쪽 일은 어떻게, 마무리되었습니까?"

사전에 이성진으로부터 그가 '깐깐하고 완고한 성격'이라는 말을 전해 들었던 양상춘은 다짜고짜 본론으로 들어가는 그 말을 들으며 실제로 그런 듯하다고 느끼곤 일부러 사무적으로 대답했다.

"예, 설치도 이미 마쳤고, 간단한 사용 방법도 익혀 두었습니다."

"그러시군요."

조인영이 끼어들었다.

"형은 어떻게 생각해요?"

"응? 뭐가?"

"방금 팀장님이랑 '만약 삼광전자에서 IBM을 위시한 마이크로소프트 쪽이 아닌 애플의 맥킨토시를 밀어주었다면' 하는 식의 이야기를 하고 있었거든요. 그랬다면 국내 PC 시장 형태도 지금이랑 다른 형태로 흘러가지 않았을까요?"

양상춘은 곽성훈을 향한 조인영의 허물없는 이야기들 들으며 둘 사이의 친분이 꽤 오래된 모양이란 생각을 했다.

"음, 글쎄."

곽성훈이 빙긋 웃었다.

"전 세계적인 점유율 추세가 이미 마이크로소프트 쪽으로 기울어진 상황이니 삼광전자 쪽에서 그런 선택을 하지는 않을 거 같은데."

"에이, 형. 그래도 만약이라는 게 있잖아요."

"하하, 만에 하나라도 그럴 일은 없을 거 같아."

곽성훈으로부터 '이 자리에서 영양가 없는 이야기는 하고 싶지 않다'는 뉘앙스를 느낀 양상춘이 사무적인 어투로 끼어들었다.

"그러면 슬슬 업무 이야기를 해 보면 어떻겠습니까?"

곽성훈은 양상춘을 물끄러미 바라보다가 미소를 거두곤 고개를 끄덕였다.

"그러죠. 온라인 사업부 인원 충당 이야기를 하던 중이었죠?"

"예."

결국 조인영은 곽성훈과 양상춘 사이가 어째 친해지기 힘든 사이인가 생각하며 입을 다물었다.

그 왜, 세상에는 주파수가 맞지 않는 것처럼 아무리 친해지려 해도 친해지기 힘든 사이란 것도 있기 마련이니까.

'흠, 둘 다 아는 게 많아서 왠지 서로 할 이야기도 많을 것 같은데 말이야.'

조인영의 생각을 뒤로하고 곽성훈과 양상춘 사이에선 사무적인 대화가 오갔다.

"단도직입적으로 말씀드리면 공개 채용을 통한 인력 확충은 당장으로선 어렵습니다."

깐깐하고 완고하다더니 이성진이 한 말 그대로군.

SJ컴퍼니의 CHO로서 곽성훈은 처음부터 이쪽에 인력을 대 줄 생각은 없던 모양이다.

"……그렇습니까?"

"예. 다만 팀장님께서 몸담고 계신 일산출판사 측에는 기존 일산전자대백과사전 제작 시 채용한 인력들이 있으니 그들을 활용하는 것이 어떨까 합니다."

그렇기는 하나 이성진이 직접 고용한 인재답게 덮어 놓고 불가능하단 말을 반복하는 대신, 현 상황에서 차선책을 제시할 능력은 있어 보였다.

'하긴.'

곽성훈의 말마따나 일산출판사에는 SJ컴퍼니에 인수되는 계기가 되기도 한 전자대백과사전 제작을 위한 투자 차원에서 대거 고용한 인력이 있었다.

결국 그 전자대백과사전 프로젝트는 채산성이 나오지 않아 엎어지고 말았지만 아직 본격적인 구조조정에 들어가기 전이다 보니 당시 채용한 인재들만큼은 남아 있었고, 일산출판사 입장에서도 그들을 해고하는 것보다 재활용하는 편이 훨씬 합리적인 방안이 될 수도 있었다.

'처음부터 전자대백과사전 제작을 염두에 두고 뽑은 인재들이니 PC를 다루는 것엔 어느 정도 숙련도가 있을 테고, 인터넷을 취급하는 건 조금만 훈련을 하면 금세 적응할 거야.'

이런 부분은 사람 다루는 것엔 이골이 난 금일 그룹 집안 사람답다고 해야 할지.

곽성훈이 제안한 내용은 SJ컴퍼니 입장에서도 불필요한 지출을 줄일 수 있을 뿐만 아니라 합리적이기까지 했다.

양상춘이 고개를 끄덕였다.

"좋습니다. 그러면 이사님이 제안하신 대로 해당 인력의 소속을 옮길 수 있도록 이쪽에서 품의서를 작성해 보겠습니다. 다만 한동안은 본사의 지원을 받을 수 있겠습니까?"

"물론이죠. 필요하다면 파견 형태로 인력을 제공해 드리겠습니다."

곽성훈이 잠시 뜸을 들인 뒤 말을 이었다.

"혹시 그 외에 도움이 필요한 일이 있다면 기탄없이 말씀해 주십시오."

그걸 형식적인 말로 들은 양상춘은 담담히 고개를 끄덕였다.

"예, 알겠습니다."

조인영은 내심 그 뒤로 대화를 더 나눌 줄 알았는데, 곽성훈이 먼저 자리에서 일어나 작별 인사를 하는 걸 보며 허둥

지등 그 뒤를 따랐다.

"그러면 또 뵙겠습니다."

"예, 살펴 가십시오."

깐깐하고 완고한 성격이라는 말을 들어서 걱정했던 것과 달리, 다행히도 협상은 평행선을 긋는 일 없이 서로가 만족하는 수순에서 잘 마무리되었다.

'뭐, SJ컴퍼니 입장에서야 손 안 대고 코 푸는 격이긴 하지만.'

그렇다고 곽성훈이 무능한 인물은 아니라는 것쯤은 양상춘도 이번 짧은 만남에서 잘 이해했다.

'이성진도 대타치곤 어디서 꽤 그럴듯한 인재를 주워 왔군 그래.'

그렇게 곽성훈과 조인영을 떠나보낸 뒤, 양상춘이 컴퓨터 앞에 앉아 품의서를 작성하고 있을 때 핸드폰이 울려 댔다.

넓은 사무실을 혼자서 사용하고 있던 양상춘이 대수롭지 않게 전화를 받았다.

"여보세요."

─나야, 정진건. 혹시 통화 가능한가?

웬일로…… 아니, 얼마 전부터 원래 그가 알고 있던 정진건으로 돌아왔으니 새삼스럽지는 않지만, 그래도 모처럼 이 시간에 정진건의 전화가 걸려 온 것에 의아해하며 양상춘이 대답했다.

"괜찮아. 무슨 일인가?"

─음. 바쁘지 않으면 저녁에 시간 좀 내 줄 수 있을까 해서.

양상춘이 자세를 고쳐 앉았다.

"나야 상관없는데…… 그냥 밥이나 먹자고 불러내는 건 아니겠지?"

─맞아.

정진건이 순순히 인정했다.

─자네한테 뭔가 물어볼 것이 좀 있어서.

"전화로 하지 그러나?"

─……전화로 할 내용은 아니야.

꽤 진득하게 붙잡을 일인가 보군.

그러잖아도 정진건 측에서도 본격적으로 움직이기 시작하는 모양이니, 양상춘도 그 동향을 알아보는 정도는 괜찮을 것 같다고 생각했다.

'정 형사에게도 광금후 쪽 이야기는 흘려 두었으니…….'

게다가 얼마 전에는 강하윤을 시켜 구봉팔이 습격을 당했단 이야기를 조세화에게 전하기도 했다는 모양이고.

양상춘이 대답했다.

"그래. 어차피 당장은 이렇다 할 일도 없는 모양이니까 시간을 내 보지."

─좋아. 그러면…….

만날 약속을 잡고 난 뒤, 양상춘은 전화를 끊고 곰곰이 생각에 잠겼다.

'안기부에서는 내가 경찰에 도움을 주는 걸 어떻게 생각하려나.'

김철수는 그 뒤로 이렇다 할 개입은커녕, 회사에서도 마주친 적이 없었기에 양상춘은 김철수와 만났던 일이 허깨비에게 속아 넘어간 기분마저 들었다.

'……당분간은 불편한 동맹이 계속되겠군.'

왠지 모르게 안기부의 손바닥에서 놀아나는 것 같단 생각이 들지 않는 것도 아니지만.

그러고 있으려니 또다시 핸드폰이 울려 댔다.

양상춘은 혹시 정진건이 깜빡한 말을 마저 전하려 전화를 걸었나 싶어 대수롭지 않게 전화를 받았다.

"여보세요."

─아, 박사님. 저예요. 세화. 혹시 통화 가능하세요?

예상 밖에 전화를 건 상대는 조세화였다.

"아, 지금은 괜찮아."

─흐음. 지금은 괜찮다고 하시는 거 보면 일 업무가 있긴 한가 보네요. 꼬맹이가 참견은.

그래도 조세화의 말이 괜한 비아냥거림이나 오지랖처럼 느껴지지만은 않는 것은, 조세화도 양상춘이 현재 몸담고 있는 일산출판사가 실은 어떤 곳이란 것은 알고 있기 때문이었다.

"생각하던 것처럼 마냥 위장 회사는 아니더군. 어쨌거나

표면상으로도 수익을 내는 곳이고…… 방금 전에는 금일 그
룹의 곽성훈도 미팅 차 다녀갔어."

─아, 성훈 오빠요.

곽성훈이 언급되자 조세화가 알은체를 했다.

─어땠어요?

"좀 깐깐하더군."

조세화는 양상춘의 말을 듣고는 조금 멈칫했다.

'응? 깐깐하다고? 그 성훈 오빠가?'

조세화가 아는 곽성훈은 뭐라고 할까, 마냥 사람 좋은 성
격의 사교적인 인물로, 어떻게 보건 '깐깐'하단 말이 어울리
는 사람은 아니었다.

그 일을 잠시 생각하던 조세화는 이내 '일할 때는 그런 성
격인가 보네' 하고 떠오른 위화감을 가볍게 흘려 넘겼다.

어쨌건 지금은 곽성훈이 어떻단 양상춘의 감상이 중요한
게 아니니까.

─그보다 전화 괜찮죠? 조금 상의드릴 게 있어서요.

조세화의 진지한 어조에 양상춘은 공연히 자리에서 일어
나 사무실 바깥을 살핀 뒤 입을 뗐다.

"무슨 일인데?"

조세화가 잠시 뜸을 들였다가 후우, 숨을 고른 뒤 말을 이
었다.

─광금후 씨가 저를 만나고 싶다며 접근해 와서요.

"……."

광금후가 조세화에게 만나잔 이야기를 했다고?

'……이거 참, 상황을 어떻게 해석해야 할지 모르겠군.'

안기부 요원 김철수가 전한 바에 의하면 광금후는 조설훈을 살해하였을 뿐만 아니라 이번 구봉팔 습격을 사주한 장본인이기도 했다.

그런 광금후가 조세화를 만나자고 했다는 건, 사이코패스가 아니고서야 할 수 있을 리가 없다.

'아니, 그렇게 따지면 애당초 목적에 이르는 수단으로 살인을 택한 것부터가.'

양상춘은 찝찝한 기분을 느꼈지만, 자신이 느낀 기분 따윈 조세화에 비할 바가 아닐 것이란 걸 깨닫곤 조심스레 입을 뗐다.

"설마 만나기로 했나?"

—아뇨, 아직은. 적당히 핑계를 대며 대답을 보류 중이에요.

"잘했어."

양상춘은 보는 사람이 없는데도 고개를 끄덕였다.

"우리는 아직 광금후의 꿍꿍이속을 모르니 정보가 모이기 전까진 신중해야지."

양상춘이 타이르듯 건넨 말에 조세화는 잠시 뜸을 들였다가 물었다.

—여기서 더 모일 자료가 있어요?

수화기 너머로 들려오는 조세화의 목소리는 분노를 억누른 듯했다. 하기야 부친의 원수를 눈앞에 두고 '신중'하라니, 피 끓는 중학생에게 할 법한 말치고는 성급했다.

더군다나 조세화는 김철수를 향해 이런 말까지 하지 않았는가.

「하나는 광금후 그 사람의 처분 권한은 이쪽에 넘길 것.」

조세화가 광금후를 붙잡아 피의 복수를 한다고는 말하지 않았지만, 양상춘은 그녀가 광금후를 죽이더라도 이상할 게 없다고 여겼다.

'물론 그 뒤처리를 언급하지 않는 건 지금 우리 사이의 불문율이지만.'

양상춘이 되물었다.

"그러면 묻겠는데, 세화는 광금후를 만나서 어쩔 생각이지?"

─…….

"자네가 나에게 전화를 걸었다는 건, 자네 역시 이번 일에 충동적으로 움직이고 싶지 않아서는 아닌가?"

─…….

조세화는 이번에도 대답 대신 침묵을 택했다.

하지만 그건 양상춘의 말에 정곡을 찔려서가 아닌, 조세화에게 있던 일말의 나약함과 그에 대한 동의를 얻고 싶기 때문에 불과했다.

조세화는 그런 자신의 마음을 깨닫는 것이 두렵기라도 한 양, 양상춘에게 물었다.

─그러면 제가 어떻게 하면 좋겠어요?

"말했듯 한동안은 상황을 보지. 경찰도 구봉팔 씨 건으로 움직이기 시작한 모양이고, 그 수사 방향이 광금후 쪽을 향했다면 그 행적을 눈여겨보고 있을 걸세."

양상춘은 조세화에게 '그런 상황이니까 그를 섣불리 건들지 마라'는 경고를 숨겨 말했다.

조세화도 또래에 비해 영특한 편이다 보니 그런 양상춘의 경고를 어렵지 않게 알아들었다.

─그럼, 광금후가 저랑 만나게 되면 경찰 쪽에서도 그 사실을 알게 되겠네요. 그런데 광금후는 어째서 저를 만나려 하는 걸까요?

"……글쎄다."

양상춘은 솔직하게 대답했다.

광금후가 조세화를 만나서 도모할 것이야 몇 가지라도 말할 수 있지만, 직업적으로 숱한 범죄 사례집을 탐독해 온 양상춘으로서도 광금후의 꿍꿍이속은 알 수가 없었던 것이다.

'이거, 슬슬 국내에도 FBI처럼 사이코패스 프로파일링을 도입해야 하는 건 아닐까 몰라.'

양상춘이 말을 이었다.

"일단 생각할 수 있는 건, 그가 구봉팔 씨를 대신하려는 것으로 볼 수 있단 여지겠지. 현재 구봉팔 씨는 대외적으로 피습 후 생사를 오가는 중이지 않나?"

─……사람이 참 뻔뻔하네요.

"그렇군."

그래도 어른이 상대라고 조세화는 욕설 대신 순화된 표현을 썼다.

'그게 아니면…… 광금후는 정말로 이번 일과 아무 상관이 없는 인물이든가.'

양상춘은 무슨 이유에서인지 언뜻 그런 생각을 떠올렸다가 생각을 접었다.

"어쨌거나 오늘 아마 그 일로 경찰 관계자를 만나게 될 거 같으니까, 한동안은 계속 보류하는 걸로 해 두지."

─경찰…… 공적으로요?

"이미 국과수 일도 관둔 마당에 무슨. 뭐…… 아마 그 이야기가 나오기는 하겠지만 표면적으로는 사적이야."

조세화는 '저런 사람도 친구가 있구나' 하고 놀라긴 했지만 생각한 바를 입 밖에 꺼내는 짓은 하지 않았다.

─알겠어요. 그러면 광금후를 만나는 건 보류하기로 할게요.

그렇게 통화를 마친 뒤, 양상춘은 잠시 컴퓨터 앞에 앉아 생각에 잠겼다.

'그야말로 어쩌다 보니 이번 일에 깊이 발을 들이고 말긴 했

지만······ 나도 슬슬 자신의 입장을 명확히 해야 하지 않을까.'

처음에는 호기심 때문에 발을 들이고 말았지만, 지금 그가 처한 상황과 그 결과는 '호기심으로 고양이를 죽이고 마는' 상황에 직면해 있었다.

'그래도 나란 인간은 결국 상자 속의 고양이가 죽었을지, 아니면 살아 있을지 확인해야 하는 성격인걸.'

양상춘은 그 유명한 슈뢰딩거의 고양이를 머릿속으로 뇌까렸다.

"다녀왔어."

나는 사장실에서 곽성훈과 조인영을 맞았다.

"어서 오세요. 미팅은 어떻게 됐어요?"

곽성훈이 미소 띤 얼굴로 대답했다.

"응, 보니까 예전에 일산출판사에서 전자대백과사전을 만들 때 채용한 인력이 아직 남아 있더라고. 일단은 그쪽에서 인원을 채워 넣기로 했어."

나도 그게 좋지 않을까 생각하던 차에 곽성훈은 내가 생각했던 대로 일 처리를 잘해 주었다.

'능력 면에서는 흠 잡을 곳이 없단 말이야.'

그렇게 됐으니 이제 능력을 시험해 보는 건 이 정도로 해

둘까.

조인영이 그다음으로 말을 이었다.

"다음은 내 차례인가? 아무튼 프로그램 설치도 마쳤어."

"뭐라고 하시던가요?"

"아직. 구체적인 건 사용하면서 후기를 들어 봐야지. 나도 그 내용을 토대로 수정해 갈 생각이고."

조인영이 덧붙였다.

"아, 보니까 그분, 네 말마따나 컴퓨터에 대해 잘 아시던데. 예전에 어디 계시던 분이냐?"

프로그래머 바닥이 좁은 이 시대, 그 연령대에서 컴퓨터 좀 다룬다 하는 사람은 매우 희귀했기에 조인영은 양상춘이 으레 개발직에 몸담고 있는 인물이거니 하며 물은 모양이지만.

'그저 잡학이 많은 것뿐일걸.'

어차피 인사기록부에 있는 내용이고 하니, 나는 숨기지 않고 대답했다.

"국과수요."

"아하……. 엥?"

조인영은 잠시, 자신이 잘못 들었나 싶은 얼굴로 고개를 갸웃했다.

"국과수?"

"네. 국립과학수사연구원이요. 특이한 이력이죠?"

"……아니, 그건 특이하다 어떻다 정도의 약력이 아니잖아."

조인영은 어처구니가 없다는 듯이 고개를 훼훼 저었다.

"너는 그런 사람을 또 어떻게 알았어?"

"뭐, 이런저런 일이 있었어요."

그렇다고 전직 국과수 출신인 인물과 안면을 튼 계기까지 그에게 말해 줄 요량은 없다.

거기서 대강 마무리하려 했더니 곽성훈이 빙긋 웃으며 끼어들었다.

"그 부분은 나도 좀 궁금하던데. 어떻게 아는 사이니?"

곽성훈은 이미 서류상 기재된 내용을 토대로 양상춘이 뭐 하던 사람이라는 걸 알고 있었던 모양이지만, 그라도 내가 양상춘과 알게 된 계기까진 알지 못하는 눈치였다.

'알고 있다면 그건 그것대로 무서운 일이지.'

그래도 이후 내 아군으로 남을지 적으로 돌아설지 모를 사람에게 모든 걸 소상히 밝힐 생각은 없었다.

"정진건 형사님 지인이시거든요."

거짓말은 안 했다.

"정진건 형사님?"

곽성훈은 의아한 얼굴이었지만 조인영은 그쯤 하니 알아들었다.

"엑, 그 아저씨 지인이었냐."

한때 정진건에게 '신세를 졌던' 조인영이 질색하며 혀를 내

두르자(그렇긴 해도 정말 싫어하는 내색은 없었지만) 곽성훈이 그에게 물었다.

"인영이 너도 아는 분이니?"

"뭐…… 저번에 말했잖아요. 성진이랑 알게 된 계기가 된 형사님……."

"아하, 그분이 정진건 형사님이셨구나."

"그렇죠."

"하하, 그렇다면 인영이 너한텐 흑역사겠다."

나는 둘의 대화를 듣다가 그들이 더 이상 파고들 여지를 주지 않기 위해 끼어들었다.

"생소한 이력이긴 해도 실력은 믿을 수 있을 것 같았거든요. 아는 것도 많은 분이고 박사 학위까지 갖고 계신 분이니 한번 믿고 일을 맡겨 보아도 좋지 않을까 해서요."

일종의 낙하산 인사이긴 하지만, 어차피 낙하산인 걸로 따지면 곽성훈이나 조인영도 남 말 할 처지는 아니고.

조인영이 고개를 끄덕였다.

"뭐, 네가 그렇다고 하면 그런 거겠지. 아무튼……."

조인영이 곽성훈을 힐끗 보았다가 말을 이었다.

"보고 끝났으면 돌아가도 되지?"

"아, 네."

조인영이 곽성훈을 보았다.

"아 참, 형 먼저 나가 계실래요? 저는 성진이랑 이야기 할

게 좀 있어서요."

곽성훈은 잠시 뜸을 들였다가 흔쾌히 고개를 끄덕였다.

"응, 그럼 먼저 가 볼게. 나도 업무 볼 게 남아 있기도 하고."

"고생했어요. 살펴 가세요."

곽성훈을 떠나보낸 뒤, 조인영은 사장실 문이 닫히길 기다렸다가 후우, 한숨을 내쉬며 자세를 비스듬히 했다.

"형 앞에선 일부러 말을 안 했는데, 앞으로 그 팀장님 뵐 일 있으면 내가 가는 걸로 할게."

그 말에 나는 짐작 가는 바가 있었지만, 웃음이 새어 나오지 않게끔 주의했다.

"네? 왜요?"

"……끙, 이걸 뭐라고 설명해야 할지 모르겠는데."

조인영이 머리를 긁적였다.

"뭐, 따지고 보면 이것도 인연이라서? 이야, 설마하니 팀장님이 정 형사님 지인이었다니 세상 참 좁아."

말하고 싶은 건 그게 아닐 텐데.

내가 물끄러미 쳐다보니 조인영은 혀를 쯧 하고 차곤 마지못해 대답했다.

"쩝, 팀장님 말이야, 왠지 성훈이 형이랑 궁합이 안 맞는 사이 같아서."

"혹시 싸웠나요?"

내가 모른 척하며 묻자 조인영은 얼른 손사래를 쳤다.

"아니, 그런 거 아니야. 일은 '비즈니스적'으로 잘 끝냈어. 다만…… 오해가 없도록 말하려면 좀 길어지겠는데."

조인영은 정말로 '뭐라고 말해야 할지 모르겠다'는 식으로 운을 뗀 것처럼 당시 상황을 꽤 장황하게 풀었지만, 요약하자면 단순했다.

'둘이 왠지 모르게 궁합이 안 맞는 것 같다, 라.'

내 안에서는 해석이 끝났지만, 조인영의 말은 그 뒤로도 한동안 이어졌다.

"어디까지나 내 감에 불과하지만, 형도 바쁜 사람이니까…… 좋은 게 좋은 거라고, 앞으로 다녀올 일이 있으면 프로그램 개선을 겸해서 내가 갈까 해서. 뭐, 상관없겠지?"

조인영의 말에 나는 고개를 끄덕였다.

"알겠어요. 참고할게요. 고마워요, 형."

"뭘. 신경 쓰지 마."

그리고 조인영은 용무를 마쳤다는 듯 사장실을 나섰다.

'흐음, 이거 참.'

보아하니 양상춘을 이용한 곽성훈의 실험이 예상대로 잘 나와 준 모양이다.

'영문은 모르겠지만, 어쨌거나 곽성훈은 선입견의 영향을 진하게 받는 모양이야.'

보통은 그 잘생긴 외모 덕에 첫인상에서 호감을 따고 들어

갔겠지만, 역으로 얼굴을 마주하기 전 양상춘에게 슬쩍 흘린 '귀띔'만으로도 그는 선입견의 영향을 받았다.

'실험은 성공적이군.'

그 결과 양상춘이 곽성훈을 아니꼽게 보는 부작용이 생기기는 했지만, 그건 내 알 바 아니었다.

그날 저녁 양상춘은 새로 옮긴 집에서 정진건을 맞았다.

옮길 짐이라고 해 봐야 두꺼운 전공 서적 같은 것들뿐이긴 했지만, 아직 정리가 되지 않은 양상춘의 새 집은 발 디딜 곳을 찾기 힘들 만큼 어수선했다.

"정리를 하긴 해야겠군."

"음, 이번 주말에 시간 좀 내 봐야지."

그러잖아도 집들이 선물로 두루마리 휴지 세트를 사 올까 고민했는데, 이런 상황이면 사 오지 않길 잘했다고 생각했다.

"그때 도와줄까?"

"됐어. 그럴 만큼 대단치도 않아. 햄버거는?"

정진건은 오는 길에 부탁받아 사 온 맥도날드 햄버거 세트를 내밀었다.

"아, 그래. 여기."

"고맙군. 아직 저녁을 못 먹어서. 만 원이면 되나? 자, 여기. 잔돈은 가지게."

"됐어. 그보단 자네가 저녁으로 햄버거를 찾을 만큼 좋아하는 줄은 몰랐는데."

"딱히? 그냥 이제 막 이 집에 들어와서 동네에 뭐가 있는지도 모를 뿐이거든."

동네에 뭐가 있는지 미리 알아보지도 않았나.

하긴, 아마 양상춘 성격이면 다짜고짜 부동산에 들어가 '직장에서 가깝고 가격이 합리적'이기만 하다면 그만이란 식으로 계약을 했을 것 같다.

양상춘은 이 나이가 되도록 독신인 데다가 이런저런 투자로 부수입이 짭짤하니 돈이 부족한 것처럼 보이진 않았으니까.

'그러고 보니 타고 다니는 차도 꽤 고급이었지.'

양상춘이 물었다.

"커피?"

"아니, 됐어."

정진건과 양상춘은 앉은뱅이 탁자에 간신히 자리를 치워두고 마주 앉았다.

"미안하지만 용건은 밥부터 먹으면서 듣겠네."

"알아서 하게."

양상춘이 햄버거를 먹는 동안 정진건이 물었다.

"그래, 새 직장은 마음에 드나?"

"아직 마음에 들고 자시고 할 것도 없어. 그보단 자네가 날 찾아온 용건부터 듣고 싶은데."

잠시라도 세상 돌아가는 이야기를 풀어놓을 낌새조차 주지 않는 게 그답다면 그다웠다.

"그래. 조금 갑작스러울 수도 있지만."

정진건이 잠시 뜸을 들였다가 입을 뗐다.

"혹시 조세화의 친부가 조성광일 가능성은 없을까?"

"……."

우물.

정진건의 말을 듣고 양상춘은 한참 만에 입에 든 햄버거를 씹었다.

조세화가 조성광의 손녀가 아닌, 늦둥이로 본 딸이었다?

양상춘은 정진건이 가져온 소식에 입맛이 싹 달아났는지 일단은 먹던 햄버거를 내려놓았다.

"무슨 이야기인가?"

"명확한 근거가 있는 이야기는 아니야. 지금 단계에선 소문에 불과하지."

정진건은 양상춘에게 자신이 오늘 광금후를 만났으며, 방금 내용이 그와 대화를 나누며 '반쯤 농담 삼아' 나온 이야기임을 전했다.

"다만 우리 박 검사 말마따나 마냥 뜬소문 취급하기엔 여러 정황이 마음에 걸리더군. 실제로 조성광은 유언장에 조세화를 상속자 중 한 사람으로 지목하기도 한 데다가……."

그러면서 정진건은 그에게 광수대에서 나온 이야기 중 일부를—조세화의 모친에 대한 이야기며 생전의 조성광이 유독 조세화를 아꼈단 이야기—들려주었다.

"……이거 참."

양상춘이 떨떠름해하는 얼굴로 입을 뗐다.

"그래서 자네는 내게 조성광이 조세화의 부친임을 과학적으로 검증할 수 있는지 물어보려 한 건가?"

"그것도 있지."

흔쾌히 인정하는 정진건을 보며 양상춘이 한숨을 내쉬었다.

"……결과만 놓고 말하자면 가능해. 우선은 구치소에 수감 중인 조세광과 대조해 보는 것으로 검증이 가능하고…….

그건 정진건도 가능하지 않을까 생각한 내용이었으나 전문가의 소견을 들으니 그 추측은 이제 확신으로 굳었다.

"극단적으로 말하면 조성광 회장의 매장 시체를 발굴해 조세화의 유전자와 대조하는 것도 가능은 하지."

"죽은 지 이미 꽤 되었는데도?"

"음."

이 시대에는 아직 유전자 검사가 낯선 기술이기도 했고, 6·25 전사자 유해 발굴처럼 이 기술을 이용한 공익도 이뤄지기 전이어서 정진건은 양상춘의 말에 감탄하며 고개를 주억거렸다.

"그렇다면 예전에 미제로 남은 숱한 사건의 진위 여부를 가리는 것도 가능하겠군."

"음, 국가에서 하고자 한다면."

양상춘이 어조를 고쳐 말을 이었다.

"어쨌거나 만약 그 '소문'이 사실이라면…… 나로선 그 파장이 어디까지 미칠지 짐작조차 할 수가 없군."

누가 실은 누구의 피붙이더라고 하는, 옛날 같으면 묻히고 말 소문도 이제 검증이 가능한 시대가 되었다.

만일 '소문대로' 조세화의 친부가 실은 조성광이었다고 할 경우, 지금 벌어지고 있는 조광 그룹 내부의 파벌 다툼은 잔불을 소화기로 꺼트리듯 삽시간에 조용해질 것이다.

하지만 그건 조세화 본인에게 독일까, 약일까.

아직 중학생에 불과하지만 평생을, 또 인생에서 가장 예민한 시기인 사춘기에 자신의 출생에 대한 비밀을 '소문'으로나마(그것도 검증이 가능한) 듣게 된다면.

'아무리 조세화가 강심장이라 하더라도 견디기 힘들겠지.'

그런 양상춘의 생각을 헤아리기라도 한 듯 정진건이 말했다.

"그래서 우리 내부에선 그걸 없던 일로 하기로 했네. 그런 일로 아무런 죄도 없는 조세화가 심적인 피해를 입어서야 쓰겠나."

"그랬군."

양상춘이 고개를 끄덕였다.

"하지만 자네는 이번 일을 '비공식'적으로라도 상의할 필요가 있는 문제라고 보았기에 나를 찾아온 거겠지?"

"음, 누군가에게는 그 정보가 유용하게 쓰일 테니까."

정진건이 말을 아끼긴 했지만, 양상춘은 그가 '광금후'를 지목해 말하는 중이라는 건 알아들었다.

"이를테면 자네에게 그 소문을 흘린 광금후라든가?"

정진건은 양상춘 앞에서 에둘러 말하는 건 별 의미가 없다는 걸 새삼 자각했다.

"그 또한 포함할 수 있겠군."

"그래. 그게 사실에 근거했고 또 검증 가능한 요소라고 한다면 지금껏 어쩌다 보니 유산을 상속받은 것에 불과하던 조세화는 이제 조광의 후계자라는 명분을 완전히 획득하게 될 거야. 다만 동시에 조세화는 '아직 어린 후계자'라는 꼬리표를 떼지 못한 채 '내가 조세화의 최측근'이라며 주장하는 이들이 나오게 되겠지."

그 뒤 양상춘이 슬쩍 정진건을 떠보았다.

"그런데 자네가 오늘 광금후를 만났다고 하니 묻네만……혹시 저번에 내가 말한 것 때문에 그를 취조한 건가?"

"아니, 그건 아니고."

정진건은 망설이다가 한숨을 토하며 실토했다.

"……실은 얼마 전 구봉팔이 습격을 당했다더군."

"구봉팔이?"

이미 알고 있는 내용이지만, 그걸 알고 있었다고 말하기 뭣하던 양상춘은 시치미를 뗐다.

"흠, 그런데 자네가 '했다더군' 하고 말하는 걸 들으니 아직 명확한 혐의는 없는 듯한데."

"말 그대로야."

정진건이 쓴웃음을 지었다.

"우리 애들이 거리에서 그런 소문이 떠돈다는 이야기를 주워 왔더군."

계획대로 알음알음 소문이 퍼지는 모양이었다.

정진건은 양상춘에게 그들이 조사한 내용을 간략히 말했다.

"……실제로 구봉팔은 그 이후 모습을 드러내지 않고 있다 보니 생사도 불분명한 상황이지만."

"그러면 혹시 구봉팔을 습격한 것이 광금후이기라도 하단 건가?"

"그럴지도 모른다는 것이 내부 의견일세. 오늘 광금후를 찾아간 것도 그걸 떠보기 위해서였고."

"……흠."

정진건의 말을 들으며 양상춘은 머릿속에서 퍼즐이 맞춰지는 기분이 들었다.

'광금후가 조세화를 만나자고 했다더니, 오늘 경찰이 다녀

간 것 때문이었나?'

그리고 정진건의 말을 듣고서 떠오른 여타 정황까지도.

양상춘은 잠시 생각에 잠겼고, 정진건이 그런 양상춘을 보며 슬쩍 물었다.

"뭔가 생각난 게 있나 보군."

"……음, 가설이긴 하지만."

양상춘이 생각한 바를 입 밖에 내기에 앞서 물었다.

"그러고 보니 이걸 묻는단 걸 깜빡했군. 자네가 보기에 광금후는 어떤 사람이던가?"

정진건이 진지한 얼굴로 대답했다.

"예사 인물이 아닌 것 같더군. 하는 말마다 뼈가 있고 의중을 알 수 없는, 그런 노인이었어."

"그런가……."

하긴, 이 모든 일을 계획하고 실행에 옮기려면 여간한 인물이 아니고선 힘들 것이다.

"아무튼 알겠네. 그럼 자네가 내게 한 말과 조세화에게 들은 걸 종합해서 내가 생각한 견해를 들려주지."

"응? 조세화랑 요즘도 만나나?"

"……예전에 들은 내용일세."

양상춘은 정진건에게 자신이 생각한 바를 전했다.

"일단 자네가 내게 말했던 출생의 비밀을 알고 있었다는 걸 광금후가 알고 있었단 가정에 이어 그가 구봉팔을 공격했다는 가정을 접붙인다면, 그건 조세화의 최측근을 쳐 내기 위한 사전 공작으로도 볼 수 있을 거야."

그리고 광금후가 예전부터 그 '소문'에 주목하고 이에 대해 확신이 있었다면, 그가 조설훈의 생전부터 공공연한 반기를 든 것도 타당한 이유가 있었다.

여기에 조세화가 조성광의 유산 상속을 받았는지 아닌지 여부는 중요하지 않다.

첫째, 모두의 예상대로 조성광이 유언장에 조설훈과 조지훈 두 사람만을 상속자로 지명했다면 (조설훈과 조지훈이 상속권을 박탈당했다는 전제하에)조성광 회장의 숨은 친딸이 있다는 걸 공포하며 그녀를 이용해 텅 빈 조광을 집어삼키면 그만이다.

둘째로 지금처럼 조세화가 조성광의 유산 상속을 받은 미래를 가정한다면 그는 '지금처럼' 조세화 주변부를 쳐 내고, 오늘 조세화가 양상춘에게 보고했듯 그녀에게 다가가 주위에 친분을 과시하기만 하면 그뿐이다.

'이걸 알고서 한 말은 아니었지만…… 조세화에게 광금후와 만남을 보류하도록 한 건 잘한 일이었군.'

(그러며 양상춘은 아마 안기부 요원 김철수의 귀띔이 없었더라면 가까운 사람을 하나둘 잃어 가던 조세화는 자신에게 살갑게 다가오는 어른에게 의지하고 말았을지 모른다고 생각했다.)

'그렇다는 건, 조설훈을 살해한 건 정말로 광금후였던 건가.'

이 모든 계획이 실행 가능하려면 걸리적거리는 조설훈과 조지훈, 두 사람을 먼저 치워 두어야 할 뿐만 아니라 명실상부한 직계 장손인 조세광의 자격 또한 박탈되어야 했다.

그간 잠자코 있던 광금후가 조설훈에게 시비를 걸기 시작한 시점이 조세광의 구속 이후였다는 걸 감안한다면, 그는 때를 기다려 비로소 계획한 바를 실행에 옮긴 것이라 볼 수도 있을 것이다.

'구봉팔 습격을 허술히 한 것에도 그런 이유가 있었던 거로군.'

광금후 입장에서는 구봉팔 습격의 성공 여부보다는 '그런 일이 있었다'는 사실이 중요한 것으로, 그는 조세화 주변부에 압박을 가해 조세화가 더더욱 자신을 의존하도록 하는 술책을 부린 것이리라.

'여기에 조세화가 자신의 출생이 어떻다는 이야기를 듣고 나면…… 세뇌가 끝난다.'

여기서 양상춘의 단점이 나왔다.

그는 평소부터 논리를 중시하는 인물인 만큼, 앞뒤가 맞아떨어지는 상황이 나오면 다른 가능성은 젖혀 두고 그 부분에만 매진하는 나쁜 습관이 있었다(한때 이성진을 범인으로 생각하던 것도 그 흔적이었다).

양상춘의 이런 경향은 어느 한 가지 일에 집중해야 할 때는 장점으로 작용하지만, 지금처럼 상황을 유연하게, 넓게 보고 사고해야 할 땐 그 장점이 단점으로 작용했다.

그래서 양상춘은 섣부른 역지사지까지 더해 내심—그를 만난 정진건처럼—광금후라고 하는 인물의 (인성의 됨됨이는 차치하고)능력을 과대평가하는 우를 범하는 동시에 표면적인 논리적 정합성에 자신을 매몰해 갔다.

'……한편으론 그런 광금후에게 이성진은 예상 밖의 변수로 작용했겠군.'

원래 (양상춘이 생각하는)광금후의 계획대로라면 오갈 곳 없는 조세화에게 동아줄을 내려 주는 건 자신의 역할이었을 테지만, 정작 조세화는 출신으로나 능력으로나 누구에게도 꿀릴 것이 없는, 더군다나 평소 친분이 있던 이성진에게 의지했다.

그러니 만일 광금후가 조세화와 이성진이 단순한 친분 관계를 넘어 둘 사이에 사업적인 연결 고리가 생길 것이라는 걸 미리 알았다면 구봉팔을 공격하는 것에 보다 신중을 기했거나 구봉팔을 공격하는 대신 다른 방식을 택했을 것이다.

하지만 아무래도 하늘은 조세화의 손을 들어 주는 모양인지, 상황은 그런 식으로 흘러가지 않았다.

광금후 측이 구봉팔 습격을 개시한 당일, 이성진과 조세화는 둘이 동행하는 모습을 공개 석상에 내비쳤다.

광금후는 그 소식을 듣자마자 아차 싶었겠지만 상황은 이미 엎질러진 물.

(광금후 생각에)차라리 실패했으면 모를까, 어중이떠중이들은

구봉팔 습격에 성공해 버린 모양이고 구봉팔이 생사를 오가는 중에 구봉팔의 충성스러운 부하들은 눈에 불을 켜고 여기저기 들쑤시고 다니기 시작한 데다 이제 경찰마저 냄새를 맡았다.

이렇듯 철두철미한 광금후의 불찰이라고 한다면, 앞서 언급한 이성진의 존재와 조세화가 생각 이상으로 조성광 회장의 피를 진하게 물려받은 강골이었단 점일 것이다.

"……아직 조세화가 조성광의 친자라는 건 소문에 불과하네만."

정진건의 지적에 양상춘이 어깨를 으쓱였다.

"그건 실수했군. 아무튼 그런 이유로, 지금은 광금후에게 빈틈이 생겼다고 생각 중이네."

"흠."

"문제는 이성진이지."

양상춘이 이성진을 걸고넘어지자 정진건은 저도 모르게 인상을 찌푸렸다.

"이성진이 왜?"

"아, 오해하지 말게. 나는 어디까지나 이런 상황에선 이성진도 위험할지 모른다고 생각해서 말한 것뿐이니까."

"……하긴, 조설훈을 죽였을지 모를 인간이니 이성진의 배경은 안중에 없을지도 모르겠어."

정진건의 중얼거림을 들으며 양상춘은 그가 숫제 광금후를 조설훈 살해의 배후로 생각하는 중이라고 생각했다.

정진건이 말을 이었다.

"자네에게 말하지 않았지만, 실은 이성진에게도 구봉팔이 습격을 당했으니 조심해 두란 경고를 전달하기는 했네."

"그랬나?"

"음, 다만 녀석은 그걸 듣고서 이런 식으로 말했다더군. '구봉팔을 습격한 범인은 자신과 조세화의 동업 사실을 모른 채 결행했을 것이고, 그걸 알았다면 오히려 조세화 쪽에 붙으려고 생각했을 것'이라고. 말하고 보니 자네가 방금 말한 것과 통하는 부분도 있군그래."

그러며 정진건은 여진환이 전한 이성진과의 대화를 양상춘에게 들려주었다.

"……하."

양상춘이 헛웃음을 터뜨리자 정진건이 의아해하며 그를 보았다.

"그 웃음은 뭔가?"

"아니……. 아무것도 아니야. 자네 말을 듣고 이성진 그 녀석이 나보다 한 수 위라고 생각해서."

"그런가?"

"음, 게다가 녀석은 그걸 앉은 자리에서 말했다지? 하하, 이거 참. 똑똑한 녀석이라고는 생각했지만 지금은 조금 소름이 돋는군. 아주 징그러울 지경이야."

뭐, 어쩌면 이미 알고 있는 '정보의 질'이 달라서 그런 걸지도 모르지만 이성진이 아는 건 양상춘 본인도 알고 있을 뿐만 아니라, 오히려 안기부의 귀띔까지 들은 지금은…….

'음?'

양상춘이 멈칫했다.

'……그렇다는 건 혹시, 이성진은 조세화와 관련한 소문에 대해서도 알고 있었던 건가?'

만약 이성진이 처음부터 그 사실을 알고 있었다고 한다면, 그리고 조성광의 사후 유산이 어떻게 흘러갈지 알고 있었더라면…….

'아니. 그건 아니야.'

양상춘은 슬며시 떠오르는 의혹을 상념의 구석에 억지로 밀어 넣었다.

'이성진에겐 충분한 알리바이가 있을 뿐만 아니라 심지어 본인 모르게 안기부의 감시까지 받고 있었어.'

더군다나 이성진도 '조설훈이 죽은 바람에 일이 더 꼬이고 말았다.'는 식으로 말하지 않았는가.

또 이성진은 이 일을 사주한 배후로 최갑철 측을 의심하는 모양이었으니까.

"그런데."

정진건의 목소리가 양상춘의 상념을 비집고 들어왔다.

"내부에서는 광금후에게 그 정도의 실행 능력이 없어 보였다는 문제가 거론되더군."

"무슨 이야기인가?"

"자네도 알다시피 조설훈이 죽은 현장은…… 이런 말 하긴 뭣하지만 프로다웠지."

양상춘이 고개를 끄덕였다.

하긴, 조설훈이 살해된 현장을 보면, 그들이 범인으로 추정하는 '유령'은 조설훈의 뒤통수를 향해 망설임 없이 방아쇠를 당겼을 뿐만 아니라 현장 증거 조작까지 가했다.

'그것도 현장에서 임기응변을 부려 트렁크에서 발견된 시체, 이기영을 교살한 밧줄로 조설훈을 결박하기까지 했으니.'

뿐만 아니라 그 유령은 석동출의 급소를 피해 총을 쏘았고, 그 석동출로 하여금 위증을 하도록 설득했다.

이는 범인이 무작정 시키는 일만 하는 그런 인물이 아닌, 어느 정도 이상의 지능과 교활함을 겸비한 데다 석동출으로 하여금 위증이 이익이 되도록 설득할 수 있는 정보—배성준이 부패 경찰이었다고 하는—까지 꿰고 있는 인물이란 의미였다.

정진건이 말을 이었다.

"그러잖아도 오늘 광금후가 사장으로 있는 신진물산을 다녀갔다고 했지. 거길 방문한 건 광금후를 탐문하는 것만이 목적은 아니었네."

"신진물산을 살피는 것도 겸했다는 건가?"

"음."

정진건이 긍정했다.

"조광 그룹은 80~90년대에 들어 대대적인 개편을 가했네. 계기는 자네도 아는 소위 '범죄와의 전쟁'이라 불리는 거였지. 정황상 조성광은 그 이전부터 정부가 대대적인 조직폭력단 단속에 들어갈 것을 알았던 모양이지만 지금은 그게 중요한 건 아니니 넘어가고……."

정진건은 조광 그룹을 수사하며 수집한 정보를 양상춘에게 풀어냈다.

"어쨌건 이후 조광 그룹은 번듯하고 합법적인 회사로 세탁하는 데 성공해 지금의 자리에 이르렀어. 그러나 그 과정에 조성광은 각 자회사가 갖고 있던 '무력'을 일소해 버렸지."

즉, 이를 봉건제로 비유하자면 일통을 이룩한 왕이 영주들의 사병을 빼앗은 것에 빗댈 수 있지 않을까.

'생각해 보면 조광은 봉건제 국가를 연상하게 하는 괴이한 분위기가 있긴 하군.'

양상춘은 그렇게 생각하며 정진건의 말을 받았다.

"당시에는 반발이 심했겠는데."

"나도 당시의 정확한 사정은 알 수 없지만 결과적으로는 해낸 모양이야. 이번에도 결과론인 이야기지만 그 시기 정부에서 대대적인 단속에 들어갔으니, 내심 안도하지 않았겠나."

양상춘이 고개를 끄덕였다.

"다만 동시에 내부에선 언제 터질지 모를 화약고처럼 불만이 쌓였을 것이고⋯⋯. 조성광이 건재할 때 억눌러 오던 그 불만이 결국 지금 시점에 이르러서 터진 모양이군."

"음. 어쨌거나 내가 하고 싶은 이야기는⋯⋯ 나도 고작 하루도 되지 않는 시간 동안 돌아본 것이 고작이지만, 신진물산이라는 기업 자체는 어딘지 조광 그룹의 차기 실세를 노리는 광금후의 회사답지 않다는 느낌이 들더군. 내겐 흔히 볼 수 있는 중소기업이라는 감상뿐이었네."

"즉, 신진물산에서는 '조설훈을 살해할 만한 유능한 부하'를 보지 못했단 건가?"

양상춘의 묘하게 비꼬는 듯한 말씨에 정진건이 픽 웃었다.

"그렇게 말하면 나도 그게 내 억측에 불과하다는 걸 인정해야겠지만, 느낀 바로는 그러했네."

정진건이 잠시 뜸을 들였다가 말을 이었다.

"내가 초짜 형사일 당시엔 조폭 범죄가 한창 기승을 부릴 때였지. 비과학적이긴 하지만 그때 현장에 도착하면 어딘지 모르게 날 선 분위기라는 걸 느끼곤 했는데, 오늘 갔던 신진물산에선 당시 느낀 분위기를 느낄 수 없었던 걸세."

"조성광의 개혁이 빛을 본 모양이군."

"그렇게 볼 수도 있나."

"뭐, 조성광도 아마 자신의 사후 벌어질 승계 문제를 감안해 그런 밑밥을 깔아 둔 것이었겠지. 실제로 구봉팔이나 박길태처럼 토사구팽당한 행동대원들은 각각 한때 조설훈이나 조지훈 아래에 있지 않았나."

"음. 그랬지."

양상춘이 아는 사람이 그들뿐이어서 구봉팔과 박길태의 이름을 댔지만, 그런 식의 서류상으로도 본 적 없는 '주먹'들은 조성광의 핏줄 아래서 허드렛일을 하며 시나브로 줄어들어 갔으리라.

아무튼 현재 그 숨겨 왔던 능력을 조세화 아래서 찬란하게 발휘하고 있는 구봉팔도 그럴진대 하물며 조설훈을 살해한 '유령' 정도의 실력자라면 본사 측이 그를 눈여겨보지 않았을 리 없고, 광금후가 이때를 대비해 그런 실력자를 오늘날까지 감춰 두고 있었을 거란 건 아무래도 억측이었다.

그리고 여기서 양상춘이 가진 정보와 정진건이 가진 정보에서 인식의 차이가 생겼다.

'그는 광금후가 이번 일에 휘하 신진물산이 아닌 외부 세력을 끌어들였다고는 생각하지 않는 건가?'

양상춘은 김철수에게 들은 마약 밀매 조직 광남파를 떠올렸기에 그런 생각에 이르렀고, 정진건은 정진건대로 수도권을 중심으로 한 조광의 세력권 하에서는 그럴 만한 세력이 없다는 선입견에 사로잡혀 '외부 세력'을 떠올리지 못했다.

그리고 사안을 단순하게 생각한 양상춘이 대수롭지 않은 듯 물었다.

"그러면 조광이 아닌 외부 세력을 끌어들였을 가능성은?"

"외부 세력?"

안기부에서 전하길 광남파는 현재 해외에서 마약을 밀반입하고 있으니, 그들의 거래처로부터 '유령'에 걸맞은 용병을 빌리는 것도 가능할지 모른다.

아니면 광남파 내부에 그 정도 되는 인물이 있을지도 모르고.

"그래. 대한민국엔 조광 말고 다른 조폭도 있지 않나?"

정진건이 어깨를 으쓱였다.

"수도권 쪽은 사실상 조광이 꽉 잡고 있으니 그럴 일이 없어. 설령 우리가 모르는 조폭이 있다 하더라도 생긴 지 얼마 되지 않는 풋내기일 텐데…… 그런 놈들은 생각할 필요도 없지."

"자네가 말했듯 그건 수도권이지. 지방은?"

정진건이 픽 웃었다.

"조성광이 한창 때 지방 진출을 하려다 실패했다는 이야기를 들은 적이 있네. 하지만 그렇다고 그들이 한창 때 조광과 죽을 등 살 등 해 가며 싸우지는 않았고, '원만한 합의'를 했다는 소문이 있더군. 그런 그들이 광금후와 손을 잡고 조광의 후계자를 제거하는 일에 손을 빌려줄 거란 생각은 들지 않아."

정진건의 말을 듣고서야 양상춘은 정진건이 '외부 세력'의 개입을 염두에 두지 않은 것인지 이해했다.

'경찰 측은 아직 광금후가 지방에 자신의 세력을 구축하고 있다는 걸 모르는 모양이군.'

정황상 광금후는 조성광이 엄격하게 금지했던 마약 밀매에까지 손을 대 가며 광남파를 키워 낸 모양인데, 정작 정진건은 국내 마약 유통의 핵심이 되는 광남파의 존재조차 모르는 듯하다.

'뭐, 그도 그간 바빴고, 부산 쪽에서 유통되는 마약 관련 범죄는 그 관할도, 업무도 아니니.'

다만 그렇다고는 해도 양상춘 입장에선 정진건에게 '광남파'라는 이름조차 말할 수 없는 상황이었다.

그도 그럴 것이 평범한(?) 민간인에 불과한 양상춘이 '광남파'라는, 그것도 지방 조폭의 이름을 어떻게 알겠는가.

그 출처를 밝히려면 앞서 '조세화와 지금은 연락을 주고받지 않는다.'는 뉘앙스로 말했던 것에 모순이 생길 뿐만 아니라 광남파와 광금후 사이의 밀약에 대해 언급한 것이 '안기부'라는 것까지 말해야 할지도 모른다.

'이거, 그에게 광남파에 대한 이야기를 어떻게 흘린다……아.'

거기까지 생각한 양상춘은 자신이 정진건에게 배후의 광남파를 발설할 수 없는 입장임을 명확히 깨달았다.

그리고 그걸 말하는 때는 앞서 생각했던, '자신의 입장'을 명확히 해야 하는 순간이라는 것도.

조세화나 안기부 입장에서는 경찰이 광남파와 광금후의 연결 고리를 알기를 원치 않는다.

'복수'를 원하는 조세화 입장에서는 광금후가 경찰의 감시망을 벗어나 있을수록 유리할 것이며,

'국내 마약 조직 소탕'이라는 커다란 밑그림을 그리는 안기부 입장에서는 경찰 쪽에서 광남파를 일망타진해 교도소로 보내는 걸 원치 않을 것이다.

이제 자신은 더 이상 반쯤 흥미본위의 '의자 탐정' 역할이 아닌, 지금부터는 누군가의 인생을 좌지우지할지 모를 나비 효과의 기로에 놓인 존재임을 깨달은 양상춘은 팔뚝에 오소소 소름이 돋는 걸 느꼈다.

그가 국과수에 몸담고 있던 시절에는 상황이 좀 더 단순했다.

그는 이미 벌어진 사건을 검토하고 '남아 있는 현장'의 정황을 밝혀 '이미 사건을 저지른 범인'의 범행 수법을 밝히기만 하면 그뿐이었다.

하지만 지금은 줄곧 해 오던 것처럼 과거를 돌이키는 것이 아닌, 자신의 선택에 따른 '미래의 변화'를 감내할 때였다.

그리고 양상춘은 자신이 그런 선택과 결과를 감당할 수 없는 나약한 인간임을 깨달았다.

'나는…… 그런 건…….'

한편 정진건은 그런 양상춘의 변화를—눈동자가 흔들리

고 이마에 식은땀이 맺히는—눈치채고 그를 물끄러미 바라보았다.

'갑자기 무언가를 깨달은 모양이군. 그것도 꽤 불편한 결과를 불러일으킬지도 모를……'

만약 둘 사이에 지금껏 쌓아 올린 우정이 없었더라면, 정진건은 지금 그를 추궁했을지 모른다.

하지만 정진건은 그러지 않았다.

"자네, 피곤한 모양이군."

"……응? 아, 그런가."

양상춘은 그제야 자신이 베테랑 형사 앞에서 당황하는 모습을 보이고 말았음을 자각하며 허둥지둥 대답했다.

"아무래도 이직에 이사까지 겹쳐 요즘 정신이 없었던 모양이야."

"음."

정진건은 고개를 끄덕인 뒤 자리에서 일어섰다.

"아무튼 오늘은 갑작스러운 부탁에 응해 줘서 고마웠어. 푹 쉬게나."

"……그래."

양상춘도 바보가 아니어서, 정진건이 일부러 자신을 배려하고 있다는 것쯤은 알았다.

동시에 정진건의 작별에 내심 안도하고 마는 자신에 대한 환멸까지 느꼈다.

정진건을 떠나보낸 뒤, 양상춘은 어지러운 집 한가운데 우두커니 서서 이제 다 식어 버린, 그가 먹다 남긴 햄버거를 물끄러미 내려다보았다.

그 시각, 구봉팔은 봉식이파 관할 구역의 룸살롱 VIP룸에서 서동호가 소개한 '김 교수'라는 인물을 만나고 있었다.

원래라면 강이찬도 동행해야 했겠지만, 강이찬 본인이 '제 입장상 그 자리에는 빠지는 게 좋을 것 같습니다.' 하고 말해 이번 자리에는 구봉팔만 나섰던 것이다.

"진호 행님, 사우나에서 땀 좀 빼셨습니까?"

"음, 동생 말대로 했더니 술이 좀 깨더군."

"하하하, 아침에 제가 말했다 아입니까. 숙취에는 그게 직빵이라예."

서동호는 서동호대로, 틱틱거리며 뻗대던 김민수(강이찬)가 빠져 준 걸 내심 기꺼워하는 눈치였다.

'그보다 아예 강이찬은 찾지도 않는군.'

서동호는 넉살 좋게 구봉팔의 말을 받으며 슬쩍 고개를 돌렸다.

"아이고야, 우리 김 교수님께 아직 소개를 못 드렸네. 김 교수님, 이짝은 스울서 오신 박진호 행님이라고, 지랑 행님

동생 하는 사이입니더.”

오늘 아침에 처음 본 사이면서 넉살은.

김 교수는 구봉팔에게 먼저 악수를 권했다.

“이거 멀리서 오신 분이네. 김명훈이라 합니다.”

구봉팔이 그간 만나 온 사람들에 비해서 부산 방언색이 짙게 묻어나지 않는 말씨였지만, 그럼에도 그에게선 감추기 힘든 부산 방언 특유의 성조가 조금 묻어났다.

“처음 뵙겠습니다. 박진호라고 합니다.”

“이거 말하는 걸 들으니 딱 서울 사람 느낌이야. 동호 씨랑 알고 지내는 사이라고 했으니 종종 보겠군. 그러니까 너무 딱딱하게 굴 거 없어요. 그래, 조광 그룹에서 오셨다고.”

“예.”

존대와 반말이 뒤섞인 걸 보니, 내심은 반말을 하고 싶은 인물일 것이다.

‘그렇다고 반말을 허용했다간 선을 넘을 것 같은 인물이기도 하군.’

초면에 인사는 그쯤 하면 됐고.

김 교수가 대기하고 있던 웨이터에게 손가락을 딱딱 튀겼다.

“어이.”

“예, 손님!”

“박 사장한테 말해서 한 상 거하게 차려 와. 그리고 아가씨

넷. 잘나가는 애들로, 알지?"

"예!"

셋이 아니라 넷?

구봉팔이 의아해하는 걸 보며 김 교수가 씩 웃었다.

"아, 이거 동호가 말을 안 했나 보구먼. 이 친구 못 쓰겠어. 조광에서 귀한 분이 오셨다고 들어서 누구 하나, 소개할 사람이 있거든. 진호 씨, 불쾌한 건 아니죠?"

말해 뭐 하겠나, 당연히 이쪽의 동의도 없이 나대는 것이 불쾌했지만 구봉팔도 이 바닥 생활이 몇 년인데 그 정도쯤은 참을 줄 알았다.

'더군다나 강이찬에게 김 교수란 인물이 누구라는 귀띔도 이미 들었고.'

구봉팔이 김 교수의 말을 미소로 받았다.

"그럼요, 물론입니다."

"하하, 이 사람 마음에 드는군. 그러고 보니 그 친구, 화장실에 다녀온다고 했는데 방을 못 찾는 거 아닐까 몰라……."

김 교수가 말하자마자 닫힌 방문을 똑똑 두드리는 소리가 들렸다.

"이거 양반은 못 되겠군. 들어오십시오."

그리고 벌컥, 문을 열고 들어온 인물을 본 구봉팔은 저도 모르게 움찔하고 말았다.

그리고 그건 구봉팔을 본 상대도 마찬가지였다.

'……뭐야, 저거.'

그다지 안면을 트고 지내는 사이는 아니지만, 아니 그러기는커녕 서로 좋지 않은 상황에서 단 한 차례 만난 사이에 불과했지만 둘은 서로를 알아보았다.

'석동출 형사?'

'구봉팔?'

저 사람이 왜 여기서 나와?

다음 권으로 이어집니다

우리 교황님 좀 말려 주세요

판미손 퓨전 판타지 장편소설

비정상 교황님의
듣도 보도 못한 전도(물리) 프로젝트!

이세계의 신에게 강제로 납치(?)당한 김시우
차원 '에덴'에서 10년간 온갖 고생은 다 하고
겨우 교황이 되어 고향으로 귀환했건만……

경고! 90일 이내 목표 신도 숫자를 달성하지 못할 시
당신의 시스템이 초기화됩니다!

퀘스트를 달성하지 못하면 능력치가 도로 0이 된다고?
그 개고생, 두 번은 못 하지!

"좋은 말씀 전하러 왔습니다, 형제님^^"

※주의※ 사이비 아닙니다, 오해하지 마세요!

역사에서도 잊힌 비운의 검술 천재
최강의 꼰대력으로 무장한 채
후손의 몸으로 깨어나다!

만년 2위 검사 루크 슈넬덴
세계를 위협하던 마룡을 물리치며
정점에 이른 순간

이대로 그냥 죽어 다오, 나를 위해서.

라이벌인 멀빈 코넬리오에게 목숨을 잃……
……은 줄 알았는데,
200년 후의 몰락한 슈넬덴가에서 눈뜨다!
가족이라고는 무기력한 가주, 망나니 1공자뿐
망해 버린 가문을 살리기 위해
까마득한 조상님이 팔을 걷었다!

설풍 같은 검술, 그보다 매서운 독설로
슈넬덴가를 정점으로 이끌어라!